Jochen Till

Charlie + Leo

Mit Illustrationen von Zapf

Ravensburger Buchverlag

Als Ravensburger Taschenbuch
Band 58469
erschienen 2014

FSC
www.fsc.org
MIX
Aus verantwortungsvollen Quellen
FSC® C114500

1 2 3 4   17 16 15 14

Ungekürzte Ausgabe

Postfach 18 60, 88188 Ravensburg
Umschlaggestaltung unter Verwendung
einer Illustration von Zapf

Printed in Germany
ISBN 978-3-473-58469-7

www.ravensburger.de

TOK
TOK

ALLES WAR GUT AM EHEMALS FINSTERSTEN HOF DES REICHES. EINE ZEIT DES FRIEDENS UND DER GLÜCKSELIGKEIT WAR ANGEBROCHEN UND DIE SONNE VERSUCHTE SICH AN EINEM NEUEN WELTREKORD IM DAUERSTRAHLEN.

NIEMAND KONNTE SICH DER ALLSEITS HERRSCHENDEN FRÖHLICHKEIT ENTZIEHEN – NICHT EINMAL DIE GRIESGRÄMIGSTEN MONSTER UND UNHOLDE.

GRUND FÜR DIE ALLSEITS HERRSCHENDE FREUDE WAR DIE JÜNGST ENTFLAMMTE LIEBE ZWISCHEN PRINZESSIN LEO UND DEM (ZUMINDEST AN MUT UND TAPFERKEIT) GRÖSSTEN HELDEN ALLER ZEITEN – DEM FARBLOSEN RITTER.

DAS UNBESTREITBAR GROSSARTIGSTE LIEBESPAAR ALLER ZEITEN VERBRACHTE JEDE FREIE, GLÜCK SPENDENDE MINUTE ZUSAMMEN – UND SELBST WENN SIE GERADE NICHT ZUSAMMEN WAREN, SO WAREN SIE TIEF IN IHREN HERZEN DOCH IMMER MITEINANDER VERBUNDEN.

JA, ALLES WAR BESTENS AM EHEMALS FINSTERSTEN HOF DES REICHES ...

... BIS PLÖTZLICH VON NORDEN HER DUNKLE,
UNHEIL VERKÜNDENDE WOLKEN AUFZOGEN.

Ja, genau! Dunkle, Unheil verkündende Wolken! Sie sind gestern Abend um 20:23 Uhr mit einem ICE aus Hamburg angekommen. Und sie bleiben eine ganze Woche lang! Ich könnte kotzen!

Sorry, aber das musste jetzt einfach mal sein. Wie würdet ihr es denn finden, wenn das Mädchen, in das ihr unsterblich verliebt und mit dem ihr seit sechs Wochen, drei Tagen, siebzehn Stunden und dreiundzwanzig Minuten zusammen seid, über die Herbstferien Besuch von seinem absolut besten und ach so tollen Freund aus seiner ehemaligen Heimatstadt Hamburg kriegt?

Wisst ihr, was das bedeutet? Das bedeutet, dass ich meine Freundin sieben Tage lang so gut wie gar nicht und wenn überhaupt, dann nur mit diesem komischen Typ im Schlepptau zu sehen bekomme! Kann der in den Ferien nicht mit seinen Eltern in den Schwarzwald fahren oder seine Oma in Buxtehude besuchen, wie es sich gehört? Und überhaupt: Was sind das denn bitte schön für Rabeneltern, die ihren sechzehnjährigen Sprössling einfach so in den Zug setzen und ganz allein in die weite Welt fahren lassen? Wenn das mal kein Fall für das Hamburger Jugendamt ist! Und wer muss diese Riesensauerei ausbaden? Ich! Ich ganz allein!

Ganz ruhig bleiben, Charlie Brown. Komm wieder runter, Charlie Brown.

Ich bin aber nicht Charlie Brown, verdammt! Nicht mehr. Im Gegensatz zu Charlie Brown habe *ich* das rothaarige Mädchen nämlich gekriegt. Und jetzt will dieser dämliche Hamburger es mir wegnehmen!

Ich werde eine Woche lang nicht ungestört und gefühlte wundervolle Ewigkeiten in ihren sensationell grünen Augen versinken können. Ich werde sie eine Woche lang nicht unbeobachtet küssen können. Ich werde sie eine Woche lang nicht dort streicheln dürfen, wo sie es am liebsten mag. Nein, nicht da, wo ihr jetzt wahrscheinlich denkt! Ich meine diese eine Stelle auf ihrem Rücken, direkt unter dem linken Schulterblatt. Moment mal, wieso erzähle ich euch das eigentlich? Das geht schließlich niemanden etwas an. Genau das ist es, was mich am allermeisten nervt: Wir werden eine volle Woche lang nichts miteinander tun oder zueinander sagen können, was niemanden etwas angeht. Sagte ich schon, dass ich deswegen kotzen könnte?!

Tief durchatmen, Charlie Brown. Einatmen und ausatmen, Charlie Brown.

Ja, schon gut, ich atme ja schon! Verfluchter Mist! Man wird sich doch wohl noch ab und zu in aller Ruhe in etwas hineinsteigern dürfen!

Okay, bevor mich alle für komplett irre halten, sollte ich vielleicht erst mal ein paar Dinge erklären. Die Sache mit Charlie Brown zum Beispiel. Es ist nämlich so: Ich heiße Charlie Braun. Ja, haha, sehr witzig, genau wie der rundköpfige Loser von den *Peanuts*. Und bis vor knapp zwei Monaten konnte ich mich sogar absolut mit ihm identifizieren. Ich hielt mich selbst für den größten und hässlichsten Loser der Welt. Aber dann tauchte plötzlich Leo (eigentlich Leonie, doch sie hasst diesen Namen) auf und ich verliebte mich sofort unsterblich in sie. Sie war so anders, so außergewöhnlich schön und so herzerfrischend schlecht gelaunt – ich hatte gar keine andere Wahl, ich *musste* mich in sie verlieben. Das schlechtgelaunteste Mädchen der Welt. So nannte ich sie in Gedanken immer.

Leider traute ich mich einfach nicht, sie anzusprechen. In dieser Beziehung machte ich meinem Namensvetter Charlie Brown alle Ehre. Aber dann hatte ich eine Idee. Ich zeichne für mein Leben gern Comics. Nicht nur so zum Spaß, ich betreibe das sehr ernsthaft. Natürlich muss ich noch viel besser werden, aber immerhin habe ich es geschafft, mit einem von mir gezeichneten Comic Leos Herz zu erobern, also kann ich nicht so schlecht sein. Ja, weil ich zu feige war, sie anzusprechen, habe ich einen Comic für meine Angebetete gezeichnet, in dem sie als Prinzessin Leo die Hauptrolle spielt und ich als der Farblose Ritter auftauche. Diesen Comic habe ich ihr dann nach und nach anonym per E-Mail geschickt und darauf gehofft, sie würde sich in den geheimnisvollen Zeichner verlieben. Und sehr zu meinem Erstaunen fand Leo mich nicht nur als gezeichneten Comichelden liebenswert, sondern auch im echten Leben, als Charlie Braun, der vom ersten atemberaubenden Kuss an plötzlich kein Loser mehr war, sondern der glücklichste Junge der Welt.

Das war vor sechs Wochen, drei Tagen, siebzehn Stunden und neunundzwanzig Minuten – und seitdem habe ich nicht mehr viel gezeichnet, denn ich hatte Besseres zu tun. Bis gestern zumindest. Bis dieser blöde Hamburger angekommen ist, um mir Leo wegzunehmen.

Das einzig Positive daran ist, dass ich so mehr als genügend Zeit haben werde, um den Comic weiterzuführen, den ich mir für Leo ausgedacht habe. Nur wird sie ihn diesmal nicht zu sehen kriegen. Denn ich will bestimmt nicht Gefahr laufen, als manisch eifersüchtiger Spinner rüberzukommen, denn das bin ich nicht. Ich bin nicht eifersüchtig. Echt nicht. Jedenfalls nicht auf diesen Typ. Okay, er kennt sie viel besser und vor allem länger als ich. Und aus ihren Erzählungen weiß ich, dass die beiden in Hamburg so etwas wie beste Kumpel waren. Aber mehr ist da nie gelaufen, das hat Leo mir geschworen, und das glaube ich ihr. Und dass sie mich liebt, glaube ich ihr auch.

Eigentlich sollte ich mich für sie freuen. Der Umzug aus ihrem geliebten Hamburg ist ihr nicht leichtgefallen und so richtig zu Hause fühlt sie sich in Frankfurt immer noch nicht. Natürlich ist es da schön, wenn der beste Freund zu Besuch kommt und sie ein bisschen aufheitert. Aber muss es denn gleich eine volle, unerträglich lange Woche sein?! Hätte es ein verlängertes Wochenende nicht auch getan?! So viel Aufheiterung braucht sie nun auch wieder nicht, schließlich bin ich ja da! Ich heitere sie auch auf! Und zwar jeden Tag aufs Neue! Das ist nicht fair, verdammt!

Reg dich nicht auf, Charlie Brown. Das geht ganz schnell vorbei, Charlie Brown.

Ach ja?! Und was, wenn sie mich in der Zwischenzeit vergisst?! Was, wenn sie mit diesem Kerl so viel Spaß hat, dass sie sich am Ende der Woche gar nicht mehr daran erinnern kann, dass sie eigentlich einen Freund hat? Ein Charlie Brown wird schließlich gern mal vergessen. Ein Charlie Brown muss mehr als jeder andere täglich daran arbeiten, nicht in Vergessenheit zu geraten. Oh Mann! Seht ihr, was dieser blöde Typ mit mir macht? Jetzt fange ich doch wieder an, mich wie Charlie Brown zu fühlen. Ein einziger Abend ohne Leo und mit meinem Selbstbewusstsein geht es steil bergab.

Du übertreibst maßlos, Charlie Brown. Du wirst sie ja gleich sehen, Charlie Brown.

Ja, ich weiß. Aber nicht allein!

Leo will natürlich, dass ich ihn kennenlerne. Und so kam sie auf die grandiose Idee, dass ich den beiden ein bisschen die Stadt zeigen könnte, quasi als Touristenführer. Sie ist schließlich auch noch nicht so lang hier und hat selbst Nachholbedarf an vermeintlichen Sehenswürdigkeiten. Als ob es davon so viele gäbe in Frankfurt. Ich weiß gar nicht, was ich den beiden alles zeigen soll. Den Römer, klar, da rennen alle Touristen als Erstes hin. Aber sonst? Ist der Main eine Sehenswürdigkeit? Gilt ein profaner Fluss als Attraktion? Wofür ist

Frankfurt denn noch berühmt? Für seine vielen Hochhäuser. Aber ich kann die zwei ja wohl schlecht von einem Hochhaus zum anderen zerren und nach oben gucken lassen, das macht wahrscheinlich wenig Eindruck. Irgendwie ist Frankfurt im Vergleich zu Hamburg oder Berlin oder München nicht sehr eindrucksvoll, fürchte ich. Frankfurt ist sozusagen der Charlie Brown unter den Großstädten – durchaus liebenswert, aber eben erst auf den zweiten Blick.

Wie viel Uhr ist es eigentlich? Oh, schon kurz nach halb elf, ich muss gleich los!

Wie sie mich wohl begrüßen wird? Normalerweise küssen wir uns zur Begrüßung. Ob das heute auch so sein wird? Was, wenn es ihr vor ihrem besten Freund irgendwie peinlich ist, mich so zu begrüßen? Vielleicht hat sie ihm ja gar nicht erzählt, dass wir zusammen sind. Vielleicht hat sie Angst, er macht sich über sie lustig, weil sie mit einem Charlie Brown zusammen ist. Könnte doch sein. Aber nicht mit mir! Ob ihr das recht ist oder nicht, ich werde sie zur Begrüßung küssen! Und vielleicht sogar etwas wilder als sonst, damit dieser Typ von Anfang an weiß, wer hier in Frankfurt Leos Nummer eins ist! Ein Charlie Brown lässt sich vielleicht unter den Teppich begrüßen, aber ein Charlie Braun nicht! Jawohl!

„Charlie?“

Die Stimme meines Vaters dringt aus dem Flur an mein Ohr.

„Charlie? Weißt du, wo unser Hammer ist?“

Oh, oh. Nicht gut. Gar nicht gut.

Wer meinen Vater kennt, weiß, dass es keine gute Idee ist, ihm einen Hammer in die Hand zu geben. Mein Vater ist nämlich ein absoluter Chaot, vor allem im Haushalt. Deswegen kümmere ich mich auch um alles, seit meine Mutter uns verlassen hat. Das letzte Mal, als mein Vater einen Hammer benutzt hat, wollte er damit die Heizung reparieren, was zur Folge hatte, dass die ganze Wohnung unter Wasser stand und wir für drei Tage in ein Hotel zogen, weil der Boden komplett neu verlegt werden musste.

Oder als das Tiefkühlfach in unserem Kühlschrank vereist war. Da kam auch der Hammer zum Einsatz. Seitdem ist es völlig verbeult und Tiefkühlpizza von unserem Speiseplan gestrichen.

Wenn mein Vater jetzt also nach dem Hammer schreit, dann schrillen bei mir verständlicherweise alle Alarmglocken, denn das bedeutet, dass erstens etwas kaputt ist und es zweitens Gefahr läuft, komplett zerstört zu werden. Natürlich weiß ich sehr genau, wo unser Hammer ist, schließlich habe ich ihn zum Schutz unseres Hausstands mit dem Rest des Werkzeugs unter meinem Bett versteckt – und dort soll er auch bleiben.

„Äh ... nein, keine Ahnung!", rufe ich zurück. „Wieso?"

„Ach, nichts, nur eine Kleinigkeit", antwortet mein Vater. „Die Badezimmertür klemmt etwas."

Ich gehe in den Flur.

„Und wie soll da ein Hammer helfen?", frage ich.

Er zeigt auf das Schloss. „Das hat sich ein bisschen verzogen. Zwei, drei kräftige Schläge, und alles ist wieder in Ordnung. Aber ich kann den Werkzeugkasten nicht finden. Weißt du, wo er ist?"

„Nein, keinen Plan", antworte ich und zucke die Schultern. „Aber mach dir darüber keine Gedanken, der wird schon wieder auftauchen. Um die Tür kümmere ich mich, aber später, jetzt muss ich nämlich weg."

„Lass mich raten", sagt er und grinst mich verschmitzt an. „Du triffst dich mit Leo."

„Ja", sage ich leicht seufzend. „Und mit ihrem allerbesten Freund aus Hamburg."

„Aha. Und den kannst du nicht leiden, oder warum das lange Gesicht?"

„Keine Ahnung", antworte ich. „Ich habe ihn ja noch nicht kennengelernt."

„Aber …? Irgendwas scheint dich doch an ihm zu stören."

„Er bleibt eine ganze Woche", sage ich.

„Ach so, verstehe", sagt er und tätschelt mir aufmunternd die Schulter. „Na ja, Kopf hoch, die Woche wird bestimmt ganz schnell vorbeigehen und dann hast du sie wieder für dich allein."

„Ja, ich weiß", seufze ich und greife nach meiner Jacke an der Garderobe. „Ich muss dann mal los. Sag mal, was gibt es denn hier in Frankfurt so für Sehenswürdigkeiten? Ich soll den beiden ein bisschen die Stadt zeigen, aber außer dem Römer fällt mir irgendwie nichts ein."

„Oh, da gibt es aber doch noch eine ganze Menge mehr zu sehen", sagt er enthusiastisch. „Die Hauptwache, die Alte Oper, die Katharinenkirche, den Kaiserdom, das Goethe-Haus, den Palmengarten, das Senckenberg-Museum, da müsst ihr überall hin."

Na, ich möchte doch stark bezweifeln, dass sich die beiden für Museen und Kirchen begeistern lassen. Aber das sind zumindest noch ein paar Orte, die ich ansteuern kann.

„Und der Jazzkeller", fügt mein Vater hinzu. „Den Jazzkeller musst du ihnen unbedingt auch zeigen."

Natürlich, das musste ja noch kommen. Hatte ich eigentlich schon erwähnt, womit mein Vater sein Geld verdient? Er ist Saxofonist. Jazz-Saxofonist. Wobei das nicht nur sein Beruf ist – es ist sozusagen sein Leben. Wenn er nicht gerade schläft oder in unserem Haushalt randaliert, spielt er Saxofon. Aber das ist absolut okay so, denn wenn er Saxofon spielt, ist er glücklich, so wie ich, wenn ich zeichne. Wir hätten allerdings wesentlich mehr Freunde unter den Nachbarn, wenn Papas Leidenschaft etwas weniger lärmintensiv wäre.

„Papa, der Jazzkeller ist doch keine Sehenswürdigkeit“, sage ich. „Das ist doch nur ein Jazzclub.“

„*Nur* ein Jazzclub?!“, erwidert er aufbrausend. „Weißt du, wer da alles schon war?! Louis Armstrong, Art Blakey, Stan Getz, Dizzy Gillespie, die absolute Crème de la Crème des Jazz, alle waren sie irgendwann mal im Jazzkeller! Das ist eine historische Stätte, ein ganz großes Stück Frankfurter Geschichte, das muss man gesehen haben!“

„Papa, es ist halb elf Uhr morgens“, stelle ich fest. „Wann macht der Jazzkeller auf? Bestimmt nicht vor neun, zehn Uhr abends, oder?“

„Äh, ja, das stimmt natürlich“, sagt er verlegen. „Aber ihr könntet ja trotzdem mal da vorbeigehen, dann sehen sie ihn wenigstens von außen.“

„Okay, machen wir“, sage ich und verkneife mir die Bemerkung, dass man sich einen *Keller* ja wohl schlecht von außen angucken kann.

Ich streife meine Jacke über und betrachte mich kurz im Spiegel. Bevor ich mit Leo zusammenkam, fand ich mich total hässlich, absolut zum Kotzen. Nun stehe ich meinem Spiegelbild ohne jeden Würgereflex gegenüber. Schon komisch, wie ein einziger Kuss die komplette Selbstwahrnehmung in kürzester Zeit radikal verändern kann.

„Also, bis später dann“, verabschiede ich mich von meinem Vater. „Ich bin irgendwann heute Nachmittag zurück. Und lass die Finger von der Badezimmertür, das mache ich dann!“

„Jaja, keine Sorge, ich werde der Tür schon nichts antun“, sagt mein Vater und zwinkert mir schelmisch zu. „Viel Spaß bei eurer Besichtigungstour!“

Spaß? Mit diesem Hamburger Störenfried im Schlepptau? Das bezweifle ich allerdings stark.

Nicht so negativ denken, Charlie Brown. Lächle und sei fröhlich, Charlie Brown.

Schon gut, ich versuch's ja! Leo soll schließlich keinerlei Grund haben, sich über mangelnde Gastfreundschaft meinerseits zu beklagen. Scheißfreundlich werde ich zu dem Typ sein. In Grund und Boden werde ich ihn lächeln! Jawohl! Auf ins Gefecht!

SAMSTAG

PRINZ JONATHAN VON UND VIEL ZU COOL WAR AUS DEM
HOHEN NORDEN ANGEREIST, UM SEINE ALTE FREUNDIN
PRINZESSIN LEO MIT SEINER ANWESENHEIT ZU BEGLÜCKEN.
DIE BEGEISTERUNG ÜBER SEINE ANKUNFT HIELT SICH BEI
MANCH EINEM JEDOCH IN GRENZEN.

PRINZESSIN LEO HINGEGEN FREUTE SICH VON HERZEN ÜBER DEN BESUCH IHRES ALTEN FREUNDES, UND DEM FARBLOSEN RITTER WURDE DIE UNFASSBARE EHRE ZUTEIL, DIE BEIDEN HOCHWOHLGEBORENEN AUF EINEM RUNDGANG DURCH SEIN HEIMATREICH ZU BEGLEITEN.

ER FÜHRTE SEINE HERZENSDAME UND IHREN GAST ZU DEN PRÄCHTIGSTEN BAUTEN UND PLÄTZEN DES REICHES UND ERNTETE DAFÜR BEGEISTERTEN APPLAUS.

ALS PRINZ JONATHAN DEN WUNSCH ÄUSSERTE, DAS EINFACHE VOLK DES REICHES KENNENLERNEN ZU WOLLEN, FÜHRTE DER FARBLOSE RITTER DIE ILLUSTRE GESELLSCHAFT ZUM WÖCHENTLICH STATTFINDENDEN TRÖDELMARKT AM UFER DES FLUSSES.

DORT ERSTAND DER PRINZ EINEN UNERMESSLICH KOSTBAREN, EDELSTEINBESETZTEN RING AUS PUREM GOLD UND MACHTE IHN PRINZESSIN LEO ZUM GESCHENK, DIE IHREN SELBSTLOSEN WOHLTÄTER DARAUFHIN VOR ÜBERSCHÄUMENDER FREUDE HERZTE UND DRÜCKTE, ALS GÄBE ES KEIN MORGEN.

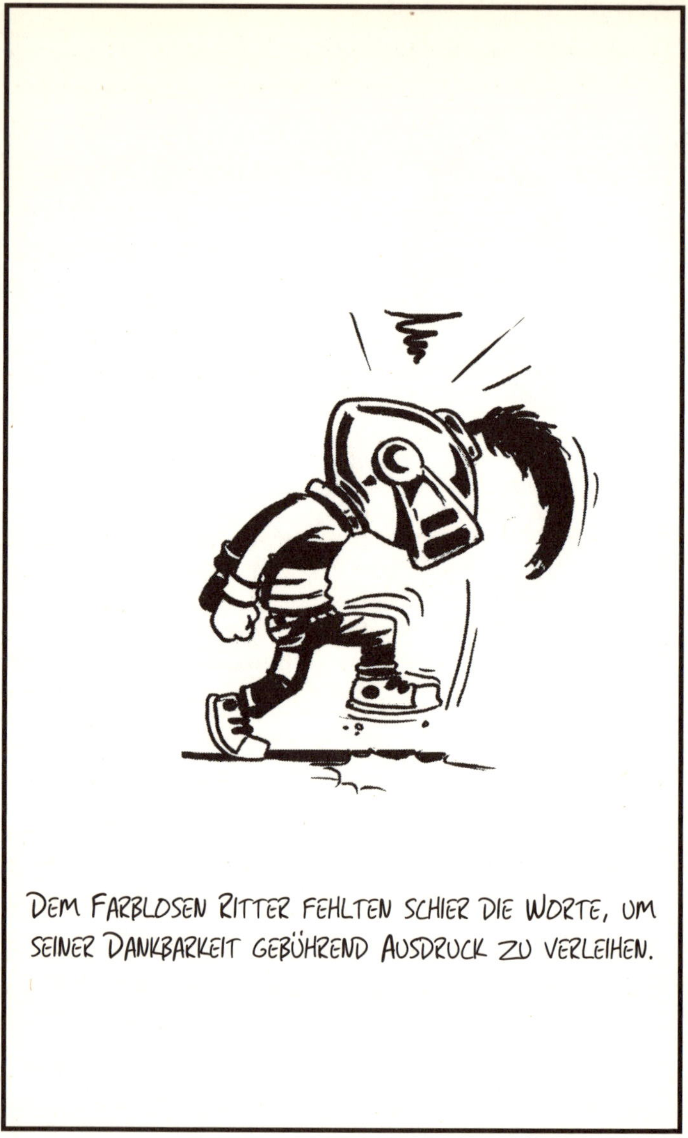
DEM FARBLOSEN RITTER FEHLTEN SCHIER DIE WORTE, UM SEINER DANKBARKEIT GEBÜHREND AUSDRUCK ZU VERLEIHEN.

Jetzt bin ich doch eifersüchtig. Aber ich habe auch allen Grund dazu. Dieser Typ ist die verdammt coolste Sau, die ich je getroffen habe. Und er sieht auch noch sensationell gut aus. Als wäre er geradewegs als Sohn von George Clooney und Julia Roberts aus einem Hollywoodfilm gehüpft. Alle Mädchen haben ihm auf unserer Tour durch die Stadt nachgeguckt. Wirklich *alle!* Es hätte nur noch gefehlt, dass einige von ihnen ohnmächtig vor Verzücken auf der Straße zusammengeklappt wären.

Da fragt man sich schon, ob die eigene Freundin nicht eventuell doch lieber mit solch einem Prachtexemplar von Typ zusammen wäre als mit einem Charlie Brown. Apropos Charlie Brown: Der Kerl heißt eigentlich Jonathan, aber Leo nennt ihn *Joe*. Er ist also quasi *Joe Cool*. Und Joe Cool ist bekanntermaßen eines der Alter Ego von Charlie Browns Hund Snoopy. Ich würde mir allerdings wesentlich weniger Sorgen machen, wenn Leo einen Hund zu Gast hätte. Mit einem Hund könnte sie nicht pausenlos über alte Geschichten quatschen, die nur lustig sind, wenn man dabei war. Das ging fast den ganzen Tag lang so, ich war völlig abgemeldet. Und am Ende hatte ich dann sogar wirklich einen Grund, eifersüchtig zu sein – und was für einen!

Er hat ihr einen Ring geschenkt! Dieser blöde, unverschämt gut aussehende Joe Cool schenkt *meiner* Freundin einen *Ring*! Ich meine, nennt mich ruhig altmodisch, aber nach meiner gesellschaftlich-romantischen Auffassung hat niemand, aber auch absolut niemand, *meiner* Freundin einen Ring zu schenken, oder?! Und wie sie sich darüber gefreut hat! Es hat nicht viel gefehlt und sie hätte ihn von oben bis unten abgeknutscht, dieses verfluchte …

Du übertreibst maßlos, Charlie Brown. So schlimm war das doch gar nicht, Charlie Brown.

Ach ja?! War es nicht?! So hat es sich aber angefühlt, als sie ihn …

Fang von vorne an, Charlie Brown. In aller Ruhe, Charlie Brown.

Okay, okay, von mir aus, dann eben in aller Ruhe und von vorne – selbst wenn das auch nichts daran ändern wird, dass ich keinesfalls übertrieben habe, im Gegenteil.

Also: Als ich drei Minuten zu spät am Treffpunkt ankam, waren die beiden noch nicht da. Leo ist normalerweise nie unpünktlich, das muss also schon mal an ihm gelegen haben. Eine geschlagene Viertelstunde später kamen sie dann. Leo winkte mir fröhlich zu, während ich erst mal den Anblick dieses obercoolen Schönlings verdauen musste. Schwarze Lederjacke, schwarze Jeans, halbhohe *Doc Martens* – die beiden sahen aus wie das perfekte Paar. Der Schock saß so tief, dass ich sogar völlig vergaß, Leo zur Begrüßung zu küssen. Zum Glück vergaß sie es aber nicht.

„Hi, Charlie!“, sagte sie und küsste mich, wie sie es

immer tat. „Sorry, dass wir zu spät sind. Joe braucht immer ewig im Bad. Als ob das bei seiner hässlichen Visage noch was helfen würde. Nicht wahr, Joe?“

Sie stieß ihm leicht ihren Ellenbogen in den Bauch und grinste ihn frech an.

„Stimmt“, antwortete Joe und zwickte sie kräftig in die Seite. „Aber bei mir besteht wenigstens noch Hoffnung. Du bist ja immer nur so schnell im Bad, weil es sowieso nichts mehr bringt und der Spiegel jedes Mal vor Schreck explodiert.“

„Ach ja?“, erwiderte sie und boxte ihm auf den Arm. „Und bei dir fängt jeder Spiegel sofort an, Blut zu weinen.“

„Klar“, sagte Joe und boxte zurück. „Aus Mitleid. Weil alle Spiegel wissen, dass ich mit dir befreundet bin.“

Ja, genau. Der bestaussehende Kerl der Welt und das wunderschönste Mädchen aller Zeiten warfen sich gegenseitig Hässlichkeit vor. Das ist ungefähr so, als würden sich Hergé und André Franquin gegenseitig vorwerfen, nicht zeichnen zu können. Wie, die kennt ihr nicht? Hergé ist der Erfinder und Zeichner von *Tim & Struppi* und Franquin hat das *Marsupilami* und *Gaston* auf Papier zum Leben erweckt. Beide sind absolute Meister ihres Fachs – und leider schon tot. Aber egal, es wäre jedenfalls mehr als lächerlich gewesen, wenn diese zwei Götter der Zeichenkunst voneinander behauptet hätten, nicht zeichnen zu können. Und genauso lächerlich war das alberne Rumgedisse zwischen Joe und Leo, das noch ein paarmal hin und her ging, bis Leo schließlich merkte, dass ich ziemlich dumm und außen vor in der Gegend herumstand.

„Oh …“, sagte sie und ihr Blick fiel erst auf mich und dann auf Joe. „Sorry, ich habe euch ja noch gar nicht richtig vorgestellt. Joe, das ist Charlie. Charlie, das ist Joe.“

„Hi“, sagte ich und wollte ihm die Hand geben, höflich, wie ich nun mal bin.

„Hi“, sagte er, aber anstatt meine Hand zu schütteln, streckte er mir mit einem lässigen Grinsen die Vorderseite seiner Faust entgegen. „In Hamburg begrüßt man sich *so*.“

Ich wusste nicht genau, was ich machen sollte, und schaute ihn verwirrt an. Er griff nach meiner Hand, schloss sie zur Faust und stieß mit seiner dagegen.

„Okay“, sagte ich leicht irritiert. „Werd ich mir merken, falls ich mal nach Hamburg komme.“

„Funktioniert auch in anderen Großstädten“, sagte er und zwinkerte mir zu. „Kann nicht mehr lang dauern, dann wird das hier in Frankfurt auch ankommen. Du könntest damit quasi zum Trendsetter werden.“

Haha, sehr witzig, dachte ich. Ich könnte auch einen komplett neuen Frankfurter Trend starten: vorlaute Hamburger Touristen-Bengel zur Begrüßung kopfüber mit einer Halskette aus Ambossen in den Main werfen, zum Beispiel.

Er legte mir den Arm um die Schulter und zog mich zu sich heran. Seine Miene wurde plötzlich ernst. „Du bist also der Kritzel-Knilch, der meiner Leo an die Wäsche will“, stellte er fest. „Dir ist hoffentlich klar, dass du dafür meine Zustimmung brauchst?“

Meiner Leo? Hatte er wirklich *meiner* Leo gesagt? Wie war denn das bitte schön zu verstehen?

„Ach ja?“, erwiderte ich frotzelnd. „Und was ist, wenn ich dir mal kräftig in den Arsch treten will? Brauche ich dafür auch deine Zustimmung?“

„Nein“, sagte er und nahm mich in den Schwitzkasten. „Dafür brauchst du eine ganze Armee.“ Er fing an, mit seinen Fingerknöcheln kräftig auf meinem Kopf herumzureiben.

„Joe!“, ging Leo lachend dazwischen. „Hör auf! Das reicht! Sonst glaubt er noch, du meinst es ernst.“

Joe Cool ließ mich los. „Nur ein Spaß, Charlie“, sagte er. „Nur ein kleiner Spaß.“

„Klar, haha“, sagte ich und massierte meine malträtierte Kopfhaut. „Wusste ich doch gleich.“

„Na, wenn das so ist …“, erwiderte Joe und täuschte einen nächsten Angriff auf meinen Schädel an, woraufhin ich reflexartig drei Schritte zurücksprang.

„Ganz schön schreckhaft, dein Charlie, was?“, wandte er sich an Leo.

„Normalerweise nicht“, antwortete Leo mit einem süffisanten Lächeln. „Muss an deiner hässlichen Visage liegen.“

„Kann nicht sein", sagte Joe. „Wer dich freiwillig küsst, ist gegen alles abgehärtet."

„Mich hat wenigstens beim Küssen noch niemand vollgekotzt", erwiderte Leo. „Ich sage nur: Annika Schmidtbauer."

„Hey, das ist nicht fair!", protestierte Joe spaßhaft. „Du weißt ganz genau, dass das nicht an mir lag. Die war total besoffen."

„Natürlich war sie das", sagte Leo. „Nüchtern würde dich ja nie jemand küssen."

„Aber dich, oder wie?", konterte Joe. „Wahrscheinlich braucht der arme Charlie hier erst mal eine Flasche Korn vor jedem Treffen mit dir."

Die beiden fingen wieder an, sich gegenseitig auf die Arme zu boxen und in alle möglichen Körperteile zu zwicken, während ich blöd danebenstand.

Genau das hatte ich befürchtet: Die Vertrautheit der beiden machte mich zum bedeutungslosen, austauschbaren Statisten. Ich hatte keine Ahnung, wer Annika Schmidtbauer war, und wusste nicht, wann, wo und unter welchen Umständen sie Joe vollgekübelt hatte. Wäre ich dabei gewesen, hätte ich vielleicht mitlachen und herumalbern können, aber so hätte ich genauso gut der Stadtstreicher sein können, der ein paar Schritte von uns entfernt den Mülleimer nach Pfandflaschen durchwühlte. Wobei ich dann schon ziemlich erleichtert war, dass Leo nicht ihn, sondern mich küsste, als die heitere Rangelei mit Joe erledigt war.

„Wollen wir dann mal los?", fragte sie. „Was gucken wir uns denn zuerst an? Ich erwarte das volle Touri-Programm!"

„Äh … ja … also … ähm …", begann ich und musste mich erst mal sammeln. „Also das hier ist schon mal der Eschenheimer Turm."

Ich zeigte auf den runden Turm, vor dem wir bereits die ganze Zeit über gestanden hatten.

„Aha, sehr interessant", sagte Joe und strich sich gespielt fasziniert übers Kinn. „Späte Gotik oder frühe Renaissance?"

„Ich dachte immer, das heißt Eschenheimer *Tor?*", wunderte sich Leo. „Die U-Bahn-Haltestelle heißt doch Eschenheimer *Tor*, oder?"

Mist, auf solche Fragen war ich nun gar nicht vorbereitet.

„Öh … ja, stimmt", pflichtete ich Leo bei. „Vielleicht konnte man da ja früher durchlaufen, wie durch ein Tor."

„Ich denke mal, der Turm war Teil eines Stadttors", sagte Joe. „Hier lief bestimmt auch die Stadtmauer entlang."

Ja, vielen Dank auch, Herr Klugscheißer.

„Muss ziemlich cool sein, in so einem Turm zu wohnen", bemerkte Leo. „Wohnt da überhaupt jemand drin?"

Wieder eine Frage, auf die ich keine Antwort wusste. Aber diesmal würde ich mich nicht von Joe Cool ausstechen lassen.

„Der Bürgermeister“, sagte ich bestimmt. „Da wohnt der Bürgermeister drin. Aber nur am Wochenende.“

„Ach was?“, sagte Joe Cool. „Ich dachte, ihr habt hier in Frankfurt eine Bürgermeister*in?*“

Hatten wir? Verdammter Mist. Wieso wusste dieser Hamburger Lümmel mehr über die Politik meiner Heimatstadt als ich? Wahrscheinlich, weil ich mich nicht für Politik interessierte. Ich nahm mir fest vor, das zu ändern.

„Ja, das dachte ich eigentlich auch“, stimmte Leo mit ein. „So ’ne Blonde mit kurzen Haaren, oder?“

„Äh … ja … klar“, sagte ich und versuchte dabei möglichst überzeugt zu klingen. „Aber ihr Mann, der *Herr* Bürgermeister, der wohnt da manchmal. Es heißt, bei den beiden würde es ziemlich kriseln. Er soll ein Verhältnis haben mit einem Praktikanten seiner Frau, und der Turm ist quasi sein Liebesnest.“

Natürlich wusste ich ganz genau, was für einen Schwachsinn ich da von mir gab, aber mir fiel auf die Schnelle einfach nichts Besseres ein.

Leo und Joe sahen sich kurz an und brachen gleichzeitig in schallendes Gelächter aus.

„Gibt’s hier in Frankfurt noch mehr solche Komiker?“, fragte Joe und wischte sich die Tränen aus dem Gesicht, als die beiden sich nach einer gefühlten Ewigkeit wieder beruhigt hatten. „Der ist ja echt unbezahlbar!“

„Allerdings“, sagte Leo kichernd. „Ich weiß auch

nicht, was heute mit ihm los ist, sonst ist er nur halb so lustig."

Wie bitte?! Was sollte *das* denn heißen? Schließlich brachte ich sie jeden Tag mehr als nur einmal zum Lachen. Jawohl, ich war *immer* lustig – nur nicht ganz so unfreiwillig wie in dieser Situation.

„Mann, ich habe eben keine Ahnung von solchen Sachen", gab ich kleinlaut und ein bisschen angenervt zu. „Aber es war ja auch nicht meine Idee, hier für euch den Touristenführer zu spielen. Ihr könnt euch gern einen anderen Trottel suchen."

„Och, guck mal", sagte Joe Cool übertrieben mitleidig. „Jetzt schmollt er."

„Oje, der Ärmste", stieg Leo sofort ein. „Das wollten wir natürlich nicht."

Sie streichelte mir tröstend über den Kopf, als wäre ich ein kleines Kind, dem gerade sein Eis in den Dreck gefallen war. „Nicht mehr schmollen", flötete sie und küsste mich auf die Wange. „Du machst das viel besser als jeder andere Touristenführer auf der Welt."

Dann küsste sie mich richtig, und wie immer, wenn sie das tat, vergaß ich dabei einen Augenblick lang alles um mich herum. Ich vergaß sogar vollkommen, beleidigt zu sein.

Als sich unsere Lippen voneinander lösten und sie mir tief in die Augen sah, konnte ich gar nicht anders, als sie anzulächeln. Sollte sie jemals erfahren, wie viel Macht ein einziger Blick von ihr über mich hat, werde ich ihr bei jeder Meinungsverschiedenheit gnadenlos ausgeliefert sein – aber wahrscheinlich weiß sie das längst.

„Habt ihr's bald, oder soll ich kurz beim Herrn Bürgermeister klingeln und fragen, ob er euch sein Liebesnest zur Verfügung stellt?", fragte Joe Cool und verdrehte genervt die Augen.

„Da ist wohl jemand neidisch, weil er gerade keine Freundin hat", sagte Leo und küsste mich noch einmal demonstrativ.

Aha, so war das also! Joe Cool war solo. Schwer zu glauben bei seinem Aussehen. Ich hätte gewettet, dass die Mädels in Hamburg sich förmlich um ihn schlugen. Aber vielleicht stimmte mit ihm ja irgendetwas nicht? Nur was? Das würde ich schon noch rauskriegen.

„Okay", sagte Leo und löste sich von mir. „Dann lasst uns endlich mal losziehen. Was zeigst du uns als Nächstes, Charlie?"

„Die Alte Oper."

„Klingt super", sagte Joe Cool. „Bin schon sehr gespannt, wer *da* wohnt. Die lesbische Schwiegermutter des Stadtkämmerers vielleicht?"

Wie zu erwarten war, wurde dieses Ding im Laufe unserer Tour zum Running Gag. Egal ob Alte Oper, Katharinenkirche oder Goethe-Haus – jedes Mal ließ Joe Cool einen Spruch los, wer dort wohl wohnen könnte. Aber daran gewöhnte ich mich schnell, das war nicht schlimm. Schlimm war, dass ich die Rolle des

Statisten nicht loswurde. Ich kam mir die ganze Zeit so was von überflüssig vor, dass ich mich ab und zu selbst zwicken musste, um zu prüfen, ob ich auch wirklich noch da war.

Leo versuchte zwar am Anfang noch hin und wieder, mich in die Gespräche mit einzubeziehen, aber da ich zu all den ach so witzigen Episoden aus Joes und ihrer gemeinsamen Vergangenheit in Hamburg nichts beizutragen hatte, ließ sie es irgendwann sein.

Trotzdem versuchte ich, meiner Aufgabe als lebendes und gastfreundliches Navigationssystem möglichst gewissenhaft gerecht zu werden. Niemand – und vor allem nicht Leo – sollte mir nachsagen können, ich hätte mir mit dem ehrenwerten Gast aus Hamburg keine Mühe gegeben, im Gegenteil: Ich habe sogar sein Essen bezahlt! Allerdings nicht freiwillig, er schuldet mir noch 4,99 Euro vom Mittagessen im Burger King, wo ich natürlich für uns alle das Futter holen durfte, während Leo und er es sich schon mal fröhlich plappernd an einem Tisch gemütlich machten. Und obwohl ich Leo anbot, sie zum Essen einzuladen, drückte sie mir das Geld sofort in die Hand. Joe Cool hingegen redete sich damit heraus, nur einen Hunderter eingesteckt zu haben, den ich natürlich nicht wechseln konnte. Er versprach mir allerdings hoch und heilig, dass ich das Geld im Laufe unserer Tour auf jeden Fall noch kriegen würde – was sich als dreiste und aalglatte Lüge herausstellte.

Als letzten Programmpunkt nach dem Essen hatte ich mir den Römer aufgehoben – alter Touristenführertrick: immer mit der berühmtesten Sehenswürdigkeit aufhören, damit der bestmögliche Eindruck zurückbleibt.

Auf dem Platz vor dem Römer wimmelte es von Menschen aus aller Herren Länder, die unaufhörlich ihre Digitalkameras surren ließen, um das Frankfurter Wahrzeichen aus jeder nur möglichen Perspektive abzulichten. Wir blieben neben dem Brunnen stehen, vor dem ein Straßenmusikant saß und Gitarre spielte.

„So, das ist der Römer“, sagte ich und zeigte auf das historische Gebäude vor uns. „Der Römer ist das Rathaus von Frankfurt.“

„Oh, sag nichts, ich weiß, wer da wohnt!“, rief Joe Cool. „Das hab ich schon mal im Fernsehen gesehen. Da wohnt die deutsche Fußballnationalmannschaft. Und alle zwei bis vier Jahre kommen sie mal raus auf den Balkon und winken.“

Haha, sehr witzig, ein Riesenbrüller.

„Falsch“, sagte ich kühl. „Die sind mittlerweile nach Berlin umgezogen und winken da.“

„Weißt du noch?“, wandte sich Leo an Joe. „Das Spiel gegen Argentinien? Auf dem Heiligengeistfeld? Dieser durchgeknallte Typ neben uns?“

„Klar!“, antwortete Joe Cool begeistert. „Wie du plötzlich sein total ekliges, versifftes, stinkendes T-Shirt auf dem Kopf hattest! Das war soooo geil!“

Und wieder befand ich mich mitten in einer Episode aus der Reihe *Geschichten, bei denen man dabei gewesen sein muss, um sie lustig zu finden.* Ich ließ die beiden quatschen und schenkte meine ganze Aufmerksamkeit dem Gitarrenspieler, dessen Gesang leichte Schmerzen in meinem linken Backenzahn auslöste – aber selbst das war noch erträglicher, als Leo und Joe die ganze Zeit zuzuhören. Mein höflicher Applaus galt dann auch weniger seiner Sangeskunst, sondern eher der Tatsache, dass das Lied endlich zu Ende war. Trotzdem warf ich fünfzig Cent in den Gitarrenkoffer, schließlich hatte ich seine – wenn auch fragwürdige – Leistung ja in Anspruch genommen.

Er wollte gerade mit dem nächsten Lied anfangen, als Leo neben mich trat, ihren Arm um meine Hüfte legte und mich auf die Wange küsste.

„Bist du irgendwie sauer oder so?“, fragte sie.

„Nö“, antwortete ich. „Wieso sollte ich denn sauer sein?“

„Na ja, ich kann mir schon vorstellen, dass es nicht gerade prickelnd ist, mir und Joe die ganze Zeit dabei zuzuhören, wie wir über alte Zeiten quatschen. Tut mir leid, dass ich dich heute ein bisschen links liegen lasse.“

Ja, und mir erst! Aber wenigstens hatte sie es gemerkt. Und sich sogar dafür entschuldigt. Dafür hatte sie eine höfliche Lüge verdient.

„Ach, Blödsinn“, sagte ich lässig abwinkend und küsste sie zurück. „Das ist völlig okay, versteh ich doch. Joe ist dein bester Freund und ihr habt euch ewig nicht gesehen, ist doch ganz normal, dass ihr viel zu bequatschen habt. Mach dir um mich mal keine Sorgen, alles bestens."

„Danke, das ist lieb", sagte sie und lächelte mich an.

„Wir könnten noch runter an den Main gehen, wenn ihr wollt", schlug ich vor. „Sind nur ein paar Meter."

„Oh ja, das machen wir!", rief Leo begeistert. „In Hamburg waren wir auch fast jeden Tag an der Alster. Mann, wie ich das vermisse! Nicht wahr, Joe, im Sommer an der Alster zu sitzen und selbst gemachten Eistee zu trinken, da geht nichts drüber!"

Natürlich stimmte Joe ihr uneingeschränkt zu – und ich nahm mir fest vor, möglichst bald zu lernen, wie man Eistee selbst macht, um Leo dieses Stück Heimweh allerspätestens im nächsten Sommer vergessen zu lassen.

Keine zwei Minuten später standen wir am Ufer des Mains.

„Also, schwimmen würde ich in dieser Drecksbrühe nicht unbedingt", bemerkte Joe.

Schade, dachte ich. Ich hätte ihn nur allzu gern mit der Strömung am Ende des Horizonts verschwinden sehen.

„Was ist denn da drüben los?", wollte Leo wissen

und zeigte auf das gegenüberliegende Ufer.

„Ach, das ist nur der Flohmarkt", sagte ich. „Der

ist jeden zweiten Samstag hier am Mainufer, nichts Besonderes."

„Ein Flohmarkt?!", rief Leo. „Und den wolltest du uns vorenthalten?!"

„Na ja", sagte ich entschuldigend, „ich hätte nicht gedacht, dass ein Flohmarkt als Sehenswürdigkeit gilt."

„Aber ich liebe Flohmärkte!", sagte Leo. „In Hamburg waren wir fast jeden Samstag auf der Flohschanze. Hast du da nicht sogar deine Lederjacke gekauft, Joe?"

„Ja klar", antwortete Joe. „Ein absolutes Schnäppchen, nur fünfundzwanzig Euro."

„Los, da müssen wir hin!", sagte Leo und zog mich am Ärmel zum Eisernen Steg.

Als wir die Brücke betraten, fielen uns sofort die unzähligen Vorhängeschlösser auf, die dort eins neben dem anderen an beiden Seiten des Geländers befestigt waren.

Wir gingen näher heran. In die meisten dieser Schlösser waren Herzen und zwei Namen oder Initialen eingraviert oder draufgekritzelt – Steffen & Shanita, Patrick & Juliane, H & V, B & K, Früchtchen & Frechdachs forever.

„Was soll *das* denn?", fragte Joe mit skeptischem Blick. „Ist das die Sadomaso-Brücke von Frankfurt oder wie? Finden hier nachts irgendwelche wilden Fesselpartys statt?"

Gute Frage. Diese ganzen Schlösser waren auch mir fremd – allzu oft lief ich nicht über den Eisernen Steg.

Und wieder etwas, was ich nicht wusste. Als Touristenführer war ich echt eine Niete.

„Das müssen diese dämlichen Liebesschlösser sein", brummte Leo und verdrehte genervt die Augen. „Hab ich neulich im Fernsehen gesehen, gibt es mittlerweile fast überall auf der Welt an irgendwelchen Brücken. Die werden von Paaren aufgehängt, als Symbol für die ewige Liebe. Die Schlüssel müssen sie dann in den Fluss werfen oder so. Absoluter Schwachsinn."

Da war es endlich einmal wieder – mein schlechtgelauntestes Mädchen der Welt. Leo hasst Kitsch. Vor allem, wenn es um Kitsch geht, der mit Liebe zu tun hat. Wenn wir uns einen Film ansehen, in dem sich zwei Liebende am Ende endlich doch noch kriegen und sich zu schmalziger Geigenmusik küssen, steckt sie sich immer demonstrativ den Finger in den Hals und produziert widerliche Würgegeräusche. Ich bin nun auch nicht unbedingt ein Fan dieser Art von Kitsch, aber kaum etwas macht mir mehr Spaß, als Leo damit zu ärgern. Und selbstverständlich nutzte ich diese Gelegenheit sofort.

„Ach, wieso?", fragte ich. „Ist doch sehr süß. Hey, jetzt weiß ich endlich, was ich dir zu Weihnachten schenke. Soll ich ‚Leo' oder ‚Leonie' eingravieren lassen?"

„Wag es nicht", knurrte sie mich an. „Wenn du das machst, überholst du den Schlüssel noch auf dem Weg nach unten."

„Ach, komm schon“, legte ich nach. „Nur so ein klitzekleines Vorhängeschlösschen. Vielleicht gibt's die ja sogar in Herzform. Die ganze Welt soll wissen, wie sehr wir uns lieben!“

„Ja klar – und nebenbei deine von mir in tausend Teile zerstückelte Leiche flussabwärts zusammensuchen“, knurrte Leo mit einem fiesen Grinsen im Gesicht.

„Das macht nichts, Liebling!“, rief ich und breitete theatralisch die Arme aus. „Denn dann starb ich wenigstens für die Liebe! Für unsere Liebe! Die größte und wahrhaftigste Liebe aller Lieben!“

„Aaaaaaaaaah!“, schrie Leo laut auf und hielt sich die Ohren zu. „Joe! Hilf mir! Er benutzt das böse L-Wort! Mach das weg!“

Sie flüchtete hinter Joes Rücken, ich versuchte sie einzufangen.

„Liebe!“, rief ich. „Liebe! Liebe! Liebe!“

Ich erwischte sie am Arm und zog sie zu mir heran.

„Ha!“, rief ich. „Die Liebe hat gesiegt! Die Liebe wird immer siegen! Liebe! Liebe! Liebe!“

Leo griff sich an die Gurgel, fing an zu röcheln und ließ sich auf den Boden sinken.

„Das ... böse ... L-Wort“, röchelte sie. „Zu viel ... für ... mich ... muss ... sterben.“

Sie zuckte mit den Beinen, ihr Kopf sackte zur Seite und sie blieb regungslos liegen.

„Nun gut!“, rief ich. „Wenn das so ist, muss auch ich sterben! Für die Liebe!“

Gott, wie ich es genoss, so mit ihr herumzualbern!

Einige Passanten waren bereits neugierig stehen geblieben und begafften unser Schauspiel. Ich ließ mich auf den Boden sinken, ergriff mit einer gespielten letzten Zuckung ihre Hand und blieb mit geschlossenen Augen neben ihr liegen.

Für einen Moment herrschte absolute Stille. Dann erklang Joes Stimme: „Äh ... ich habe damit nichts zu tun“, sagte er peinlich berührt. „Ich kenne die beiden nicht mal. Bin eigentlich nur als Tourist hier.“

Leo und ich öffneten gleichzeitig die Augen, schauten uns an und fingen an zu lachen.

Die Passanten sahen uns verständnislos an, schüttelten die Köpfe oder zeigten uns einen Vogel und gingen dann weiter.

Ich stand auf und zog Leo hoch.

„Okay“, sagte ich grinsend. „Vielleicht überlege ich mir das mit dem Vorhängeschloss doch noch mal.“

„Gute Idee“, sagte Leo und küsste mich.

„Hat dieser Flohmarkt auch nachts auf?“, unterbrach Joe uns leicht genervt. „Wenn ihr so weitermacht, wird's nämlich bald dunkel.“ Offenbar gefiel es ihm nicht, wenn er zur Abwechslung mal die zweite Geige spielen musste. Tja, Pech gehabt, Joe Cool.

Als wir den Flohmarkt betraten, wusste ich sofort wieder, wieso ich ewig nicht mehr dort gewesen war.

Das war kein Flohmarkt, auf dem Privatleute ihren Trödel anboten, sondern eine Ansammlung professioneller Händler, die haufenweise Billigschrott verkauften. Es gab bedruckte T-Shirts, „echt“ indianischen Schmuck, Plastikspielzeug aus China und original tibetische Klangschalen, die vermutlich in Taiwan massenproduziert wurden. Irgendwie hatte ich das Gefühl, von diesem Flohmarkt verarscht zu werden.

Leo und Joe hingegen schien das überhaupt nicht zu stören. Sie stürzten sich auf jeden Klamottenstand, als gäbe es etwas umsonst. Da ich mich weder für Klamotten noch für modische Accessoires interessierte, lungerte ich die meiste Zeit nur gelangweilt herum und hoffte auf einen kräftigen Regenschauer, der diesen gesamten verlogenen Flohmarkt in den Main spülen würde – bis ich den kleinen Stand mit den Comics entdeckte. Hinter einem Tapeziertisch, auf dem sich jede Menge Kisten türmten, saß eine sehr korpulente Frau in einem quietschgelben und viel zu engen Jogginganzug. Sie war etwa Mitte dreißig und schob sich stoisch eine Handvoll Erdnussflips nach der anderen in den Mund.

Neugierig schaute ich in eine der Kisten und plötzlich blitzte mir ein *Tim-&-Struppi*-Cover entgegen. Ich begann sofort, die Kiste einer näheren Prüfung zu unterziehen. Darin befanden sich jede Menge *Tim-&-Struppi*-Alben, allesamt in Plastikhüllen und in ausgezeichnetem Zustand.

„Über die Preife kann man noch reden“, nuschelte die Frau mit vollem Mund. „Dreifig Euro, wenn du die ganfe Kifte nimmft.“

„Dreißig Euro nur?“, fragte ich ungläubig. „Für die ganze Kiste?“

„Von mir auf auch fünfundfwanfig“, sagte die Frau mit frisch gefüllten Hamsterbacken. „Daf Feug muff weg. Hab den Krempel bei meinem Fwiegervater auf dem Dachboden gefunden. Lungenkrebf mit einundfünffig. Dabei hat er nie geraucht.“

„Oh, das ist natürlich tragisch, mein Beileid“, sagte ich, weil es sich so gehörte.

„Ach waf, nicht nötig“, erwiderte sie und verzog ihren vollen Mund zu einem dermaßen breiten Grinsen, dass ein Erdnussflip aus ihrem rechten Mundwinkel herauszufallen drohte. „Der Mann war ein fiefer Dreckfack.“

Ich sagte nichts, weil ich es mir mit ihr nicht verscherzen wollte, aber in meinen Augen konnte jemand, der *Tim-&-Struppi*-Alben sammelte, unter gar keinen Umständen ein fieser Drecksack sein.

„Und, waf ift jetft?“, fragte sie und stopfte sich dabei ungefähr siebenunddreißig Flips auf einmal in den Mund. „Nimmft du die Kifte? Fwanfig Euro, mein letftes Angebot.“

Ich überschlug kurz die Anzahl der Comics in der Kiste, es waren um die fünfzig, machte also ungefähr vierzig Cent pro Stück. Bei diesem Angebot von einem sensationell günstigen Schnäppchen zu sprechen, wäre die größte Untertreibung aller Zeiten gewesen. Zu dumm allerdings, dass ich bereits alle *Tim-&-Struppi*-Alben besaß. Klar, ich hätte sie trotzdem einsacken und viel teurer wieder verkaufen können, aber irgendwie widerstrebte es mir, aus dem Tod eines *Tim-&-Struppi*-Fans Profit zu schlagen.

„Nein, sorry“, sagte ich deshalb. „Die hab ich schon alle.“

„Dann guck mal in die anderen Kiften“, sagte die Flips-Frau. „Da ift noch jede Menge anderef Feug drin.“

Ich wühlte mich durch die anderen Kartons, aber sowohl *Spirou & Fantasio* als auch *Lucky Luke* und *Asterix* nannte ich längst mein Eigen. Doch in Karton Nummer fünf machte ich eine sensationelle Entdeckung. Natürlich erkannte ich das große, dicke Buch sofort, zu oft hatte ich es schon ehrfürchtig in der Hand gehalten: *Hergé – Ein Leben für die Comics*, eine Biografie des *Tim-&-Struppi*-Schöpfers, eine absolute Rarität, nur noch antiquarisch zu kriegen. Mein Herz erhöhte sofort seine Schlagfrequenz. Dieses Buch stand seit über zwei Jahren hinter der Kasse meines Lieblingscomicladens – und kostete dort laut Preisschildchen hundertfünfzig Euro! Etliche Male schon hatte ich es mir geben lassen und darin blättern dürfen, und jedes Mal wurde der Wunsch in mir größer, es irgendwann einmal zu besitzen, was bisher aber immer daran gescheitert war, dass ich es mir einfach nicht leisten konnte. Nun strahlte es mir in einem Eins-a-Zustand ausgerechnet auf einem Flohmarkt, der eigentlich keiner war, aus einer Kiste entgegen, und ich betete, dass die Flips-Frau keine Ahnung davon hatte, welcher Schatz sich in ihrem Besitz befand.

„Was würde das hier denn kosten?", fragte ich sie, äußerst bemüht, mir meine Aufregung nicht anmerken zu lassen.

„Daf ift fiemlich dick", sagte sie mampfend. „Fagen wir fehn Euro?"

„Zehn Euro?", entfuhr es mir.

„Na gut", seufzte die Flips-Frau, die offenbar dachte, das wäre mir zu viel. „Dann gib mir 'nen Fünfer. Bin ja froh, wenn ich'f nicht wieder nach Haufe fleppen muff."

Fünf Euro! Sie wollte mir meinen lang gehegten Traum für nur fünf Euro erfüllen! Ich war kurz davor, laut jauchzend Luftsprünge zu vollführen, und spielte sogar spontan mit dem Gedanken, ihr um den dicken

Hals zu fallen, konnte mich aber gerade noch beherrschen. Stattdessen gab ich ihr mit ausdrucksloser Miene einen Fünf-Euro-Schein in die Pranke und nahm meinen Schatz an mich. Als ich mich umdrehte, verzog ich das Gesicht zu einem seligen Grinsen.

Ich konnte mein Glück kaum fassen und wollte es unbedingt sofort mit Leo teilen, aber an dem Stand, an dem ich sie mit Joe zuletzt hatte stehen sehen, war sie nicht mehr. Für einen kurzen Augenblick war ich zutiefst beleidigt. Waren die beiden etwa einfach so abgehauen, ohne mir Bescheid zu sagen? Hatte sie vielleicht gar nicht bemerkt, dass ich nicht mehr da war? Warum suchte sie nicht nach mir? Hatte sie mich bereits komplett vergessen? Doch dann entdeckte ich ihren roten Haarschopf an einem Schmuckstand. Meinen Buchschatz schützend an die Brust gepresst schlängelte ich mich durch die Menge zu ihr. Sie stand neben Joe über die Auslage gebeugt und zeigte auf irgendetwas. Ich trat von hinten an sie heran und hielt ihr mein Buch vor die Nase.

„Guck mal!", rief ich aufgeregt. „Weißt du, was das ist?!"

„Hm, lass mich raten", sagte sie. „Das ist ein *Buch?*"

„Falsch!", erwiderte ich. „Das ist *das* Buch!"

Sie drehte sich mit einem großen Fragezeichen auf der Stirn zu mir um.

„Weißt du nicht mehr?", begann ich enthusiastisch zu erklären. „Das hab ich dir doch gezeigt, als wir zusammen im Comicladen waren. Das Buch hinter der Kasse, das ich schon ewig haben wollte!"

„Ach, dieses schweineteure Ding?", fragte Leo.

„Genau. Und jetzt rate mal, was ich eben dafür bezahlt habe!"

„Wer oder was ist denn bitte schön ein *Hergé?*", fragte Joe, der einen Blick auf das Buch geworfen hatte. „Sieht aus wie ein Malbuch für Kinder."

Ich beschloss, Joes unqualifizierte Bemerkung zu ignorieren.

„Fünf Euro!", jubilierte ich. „Ich habe nur *fünf* Euro dafür bezahlt! Unglaublich, oder?!"

„Oh, sehr geil, Glückwunsch", sagte Leo, küsste mich flüchtig auf die Wange und wandte sich an Joe. „Hergé ist der Erfinder und Zeichner von *Tim & Struppi.*"

„Sag ich doch", bemerkte Joe. „*Tim & Struppi* – Kinderkram."

Spätestens in diesem Augenblick wurde mir klar, dass Joe Cool und ich nie im Leben Freunde werden würden.

Wenn ich etwas absolut hasse, dann ist das, wenn Leute, die absolut keine Ahnung haben, Comics mit abfälliger Miene zur Kinderlektüre degradieren.

Ich meine, natürlich werden Comics hauptsächlich von Kindern gelesen, aber nicht *nur*. Es gibt auch jede Menge Comics für Erwachsene, mit denen Kinder gar nichts anfangen können, aber wenn man sich noch nie damit beschäftigt hat, sollte man lieber die Klappe halten, bevor man unqualifizierten Müll von sich gibt.

„Das ist nicht nur was für Kinder!“, verteidigte ich meinen Lieblingszeichner deshalb vehement. „Comics sind ganz große Kunst!“

„Aha, *Micky Maus* ist also ganz große Kunst“, erwiderte dieser Banause verächtlich grinsend. „Gut zu wissen, muss ich mir merken. Damit kann ich meine Kunstlehrerin bestimmt beeindrucken.“

Auch das noch. Er brachte das *Micky-Maus*-Argument. Wobei ich damit eigentlich hätte rechnen müssen. Neun von zehn Ahnungslosen bringen das *Micky-Maus*-Argument, wenn es um den künstlerischen Wert von Comics geht. „Wer hat denn irgendwas von *Micky Maus* gesagt?“, fuhr ich Joe Cool entnervt an. „Kennst du überhaupt irgendwelche anderen Comics außer *Micky Maus?*“

„Nö“, sagte Joe Cool. „Ich interessiere mich nicht für Kinderkram.“

Wäre das dicke schwere Buch in meinen Händen mir nicht heilig gewesen, hätte Joe Cool noch im selben Moment eine heftige Gehirnerschütterung davongetragen. So aber musste ich mich damit begnügen, meine Stimme um einige Dezibel hochzuschrauben.

„Das ist kein Kinderkram, verdammt!“, fuhr ich ihn an. „In Frankreich zum Beispiel, da sind Comics eine allgemein anerkannte Kunstform. Da liest quasi jeder Comics.“

„Na ja, die Franzosen", erwiderte er lässig abwinkend. „Die essen ja auch Froschschenkel."

„Was hat *das* denn damit zu tun?!", ereiferte ich mich. „Du kannst doch nicht ..."

„Lass es", unterbrach mich Leo, die mittlerweile wieder damit beschäftigt war, sich irgendwelchen Schmuck anzusehen. „Das hat keinen Sinn. Joe kann mit Comics einfach nichts anfangen, das hab ich auch schon versucht."

„Das mag ja sein", erwiderte ich. „Aber deswegen muss er doch noch lang nicht so einen Mist erzählen!"

„Man wird ja wohl noch seine Meinung sagen dürfen", warf Joe schnippisch ein. „Oder ist das hier in Frankfurt etwa verboten?"

„Jungs, seid friedlich", unterbrach uns Leo trocken. „Ich habe mich gerade unsterblich verliebt."

Falls sie damit geplant hatte, mich das nervige Streitgespräch mit diesem blöden Comicverächter komplett vergessen und mein Herz ruckartig stehen bleiben zu lassen, war ihr Plan eindrucksvoll aufgegangen.

„Äh ... du hast *was?*", fragte ich, in der Hoffnung, mich gründlich verhört zu haben.

„Mich verliebt", antwortete Leo, ohne mich anzusehen. „Und zwar in den da."

Sie trat einen Schritt zur Seite und zeigte auf einen Ring in der Auslage. Er war schwarz, schien aus Kunststoff zu sein und aus der Fassung grinste uns ein weißer Totenschädel an.

„Ist der nicht sensationell?“, fragte sie strahlend.

„Ja, geil“, sagte Joe.

„Absolut, sehr cool“, fügte ich hinzu, obwohl mir nicht so ganz klar war, inwieweit sich dieser Ring von all den anderen Totenkopfringen unterschied, die Leo bereits besaß.

„Kaufst du ihn dir?“, wollte Joe wissen.

„Würd ich ja gern“, seufzte Leo. „Aber der kostet fünfzehn Euro und ich hab diesen Monat schon viel zu viel Geld für Schnickschnack ausgegeben. Das kann ich mir echt nicht leisten.“

Fünfzehn Euro für einen Ring aus Plastik? Das war ja wohl der reinste Wucher!

„Frag doch mal, ob du ihn vielleicht billiger kriegst“, schlug ich vor.

Du bist so ein Trottel, Charlie Brown!

Ja, ich weiß! *Jetzt* weiß ich das! Natürlich hätte ich ihr den Ring sofort kaufen sollen. Und nicht nur, weil ich gerade quasi hundertfünfundvierzig Euro gespart hatte. Um das Geld ging es nicht. Leo war meine Freundin und sie wünschte sich diesen Ring, also hätte ich ihr diesen Wunsch erfüllen sollen. Leider schaltete mein blödes Gehirn in solchen Situationen einfach nicht schnell genug. Leo ist meine allererste Freundin, und manchmal hat es sich noch nicht daran gewöhnt, dass ich jetzt eine Freundin habe. Wenn man eine Freundin hat, gibt es so viele neue Sachen, an die man plötzlich denken muss, da kommt mein Gehirn offenbar nicht so schnell mit. Immerhin hatte ich nicht gefragt, ob ich ihr das Geld *leihen* solle, das wäre ja noch peinlicher gewesen.

„Ach, ich weiß nicht“, sagte Leo. „Ich kann nicht so gut handeln.“

Joe zog sein Portemonee aus der Hosentasche. „Du könntest dir das Teil auch einfach von mir schenken lassen“, sagte er. „Ich schulde dir sowieso noch ein Geburtstagsgeschenk.“

„Was?“, erwiderte Leo. „Blödsinn, ich habe dir zu deinem letzten Geburtstag doch auch nichts geschenkt. Du schuldest mir überhaupt nichts.“

„Okay, wie du meinst“, sagte Joe Cool. „Dann schenke ich dir das Ding eben, weil ich gerade Lust drauf habe.“ Er zog seinen Hunderter hervor und zeigte auf den Ring. „Den nehme ich“, sagte er zu dem Standbetreiber und wartete auf sein Wechselgeld.

Es dauerte wieder einen Augenblick, bis mein Gehirn das Geschehen verarbeitet und richtig eingeordnet hatte. Zuerst dachte ich kurz: Ach, das ist aber nett von Joe Cool, jetzt kriegt Leo doch noch ihren Ring. Aber dann dämmerte es mir: Dieser Typ ließ mich gerade verdammt schlecht aussehen! War es nicht meine Aufgabe, meiner über alles geliebten Freundin jeden Herzenswunsch zu erfüllen? Gut, zugegeben, ich hatte die Chance verpasst, ihr den Ring zu schenken, aber musste dieser blöde Comichasser mir deswegen gleich mit voller Wucht einen Dolch in den Rücken jagen?

Wie stand ich denn jetzt da? Wie der unsensibelste Trottel der Welt!

Der Verkäufer drückte Joe Cool das Wechselgeld und den Ring in die Hand.

„Du musst das echt nicht machen“, sagte Leo.

Genau! Sie hat absolut Recht! Hör auf sie, Joe!, flehte ich insgeheim. Mach das nicht! Lass *mich* das machen!

„Ich weiß, dass ich das nicht machen *muss*“, erwiderte Joe. „Ich *will* aber.“

Was du *willst*, interessiert hier aber keine Sau, verdammt!, dachte ich wütend.

„Na gut“, sagte Leo und streckte Joe lächelnd ihre linke Hand entgegen. „Bevor ich mich schlagen lasse.“

Joe schob den Ring über ihren Ringfinger und Leo strahlte glückselig – das alles wirkte wie eine Szene zwischen zwei Liebenden. Hätte man in diesem Moment eine repräsentative Umfrage unter allen Flohmarktbesuchern durchgeführt, wären wahrscheinlich neunundneunzig Prozent von ihnen zu dem Schluss gekommen, dass Leo nicht meine, sondern Joes Freundin war. Und dann steckte der ihr das Ding auch noch höchstpersönlich an den Finger, als hätte sie gerade seinen Heiratsantrag angenommen!

„Steht dir ausgezeichnet“, sagte Joe, während er ihre Hand immer noch festhielt.

„Danke, Joe!“, jauchzte Leo und fiel ihm um den Hals. „Das ist echt superlieb von dir!“ Sie drückte ihn fest an sich und schien ihn überhaupt nicht mehr loslassen zu wollen.

„Nichts zu danken", sagte Joe und sah mich über ihre Schulter hinweg an. „Stört dich doch nicht, oder?"

Unglaublich! Er besaß tatsächlich die Dreistigkeit, mich *das* zu fragen! Er wusste doch ganz genau, wie sehr mich das störte! Den ganzen Tag über hatte er bereits versucht, mich vor Leo schlecht dastehen zu lassen, und das war nun die Krönung! Und warum das alles? Weil er eifersüchtig auf mich war! Jawohl, der fabelhafte, unwiderstehliche Joe Fucking Cool war eifersüchtig auf mich – einen unbedeutenden, nichtssagenden, unscheinbaren Charlie Brown!

Ja, genau, Charlie Brown. Das glaubst du doch wohl selbst nicht, Charlie Brown.

Doch, und ob! Er kann es nämlich einfach nicht ertragen, dass seine allerbeste Freundin mich – zumindest hoffe ich das! – lieber mag als ihn. Das wurmt ihn zutiefst, also setzt er alles daran, mir einen reinzuwürgen. Die Frage ist nur, ob Leo das genauso durchschaut wie ich oder ob sie auf seine billigen Manipulationsversuche hereinfallen wird.

Komm mal wieder runter, Charlie Brown. Du bist ziemlich paranoid, Charlie Brown.

Bin ich gar nicht! Ich traue diesem bescheuerten Comichasser nur nicht weiter, als er einen Hinkelstein werfen kann. Der führt nichts Gutes im Schilde, das spüre ich ganz genau. Und was, das kriege ich schon noch raus. Mit mir nicht, Joe Cool! Mit mir nicht! Ob es mich störte, dass er meiner Freundin einen Ring schenkte, wollte er wissen?

„Was? Stören? *Mich?*“, antwortete ich so gelassen wie möglich. „Quatsch. Wieso sollte mich das stören?“

„Dann ist's ja gut“, sagte er und zwinkerte mir zu, während Leo sich endlich von ihm löste.

Leo betrachtete noch einmal lächelnd den Ring an ihrem Finger. „Sehr schön“, sagte sie und hakte sich bei Joe und mir unter. „Jetzt habe ich immer ein Andenken an einen wunderschönen Tag mit meinen beiden Lieblingsmenschen.“

Na super. Und an welchen Lieblingsmenschen wird sie wohl mehr denken, wenn sie den Ring in Zukunft sieht? Natürlich an den, der ihn ihr geschenkt hat.

Okay, Joe Cool, dachte ich, diese Runde geht an dich. Aber glaub ja nicht, dass ich es dir noch mal so leicht machen werde!

„Und was machen wir jetzt?“, wollte Leo gut gelaunt wissen. „Ich hätte ja Lust auf ein Eis.“

Selbstverständlich hat sie ihr Eis gekriegt – und ich eine weitere halbe Stunde langweilige Anekdoten aus Hamburg.

Danach habe ich die beiden noch zur U-Bahn gebracht und mich für unbestimmte Zeit von Leo verabschieden müssen. Sie würde mich morgen anrufen, hat sie gesagt – und das ist noch ewig hin, es ist jetzt gerade mal acht Uhr abends, das wird eine lange, schlaflose

Nacht. Und *er* wird sie mit ihr verbringen! Okay, *bei* ihr, er schläft im Gästezimmer. Schlimm genug.

Heute Abend werden sie von Leos Vater bekocht. Bestimmt kann er Joe besser leiden als mich. Weil er ihn schon viel länger kennt. Und weil Joe wahrscheinlich einfach jeder leiden kann. Diesen blöden, unerträglich coolen, viel zu gut aussehenden, Ringe verschenkenden Aufmerksamkeitsdieb! Wie kann ich gegen so einen bloß bestehen? Seufz.

Nicht alles so schwarzsehen, Charlie Brown. Es ist doch eigentlich gar nichts passiert, Charlie Brown.

Nicht? Mir kommt es aber so vor, als wäre eine ganze Menge passiert!

Ja, ich weiß, ich neige manchmal dazu, ein ganz kleines bisschen zu übertreiben und mich in solche Gefühlssachen geringfügig hineinzusteigern. Vielleicht sehe ich tatsächlich bloß Gespenster. Vielleicht ist Joe Cool gar nicht mein verschwörerischer Erzfeind, sondern nur stinknormaler Typ aus Hamburg? Ich wünschte, ich könnte das glauben. Na ja, ich kann es ja zumindest mal versuchen und ihm eine zweite Chance geben.

Okay, Joe Cool – im Zweifel für den impulsiv Vorverurteilten. Aber wenn du ihr noch einen Ring schenkst, ist echt Schluss mit lustig!

SONNTAG

AM NÄCHSTEN TAG RIEF PRINZESSIN LEOS VATER, KING KÖNIG, DEN VON IHM OFFENSICHTLICH BEVORZUGTEN PRINZEN JONATHAN UND DEN FARBLOSEN RITTER ZU EINEM HÖCHSTRITTERLICHEN WETTSTREIT AUF, DESSEN SIEGER MIT RUHM, EHRE UND MILCHREIS ÜBERSCHÜTTET UND FÜR IMMER IN DER GUNST DES KÖNIGS STEHEN WÜRDE.

IN DIESEM ÄUSSERST TÜCKISCHEN WETTSTREIT GING ES DARUM, ABWECHSELND SO VIELE SCHRECKLICHE MONSTER UND BÖSARTIGE UNHOLDE WIE MÖGLICH MIT NUR ZWEI SCHLÄGEN ZUR STRECKE ZU BRINGEN. DAS FIESE DARAN WAR: EGAL WIE OFT MAN SIE AUCH NIEDERSTRECKTE – DIE TUMBEN UNGEHEUER STANDEN IMMER WIEDER AUF!

OBWOHL DER FARBLOSE RITTER SICH AUFGRUND SEINER ÜBER VIELE JAHRE ERWORBENEN EXPERTISE IM KAMPF GEGEN JEDWEDE ART VON BESTIEN DES VERDIENTEN SIEGES ABSOLUT SICHER WAR, BERUHIGTE ES IHN DOCH SEHR, SEINEN BESTEN KUMPAN UND STREITGEFÄHRTEN, DEN FREIHERRN HIPHARDT VON UND ZU HOPPENBACH NEBST DESSEN GEMAHLIN, LADY MARIE DE FOBIE, ALS MORALISCHE UNTERSTÜTZUNG AN SEINER SEITE ZU WISSEN.

WAS DER FARBLOSE RITTER NICHT WUSSTE: PRINZ JONATHAN HATTE SICH OFFENBAR MIT DEN FINSTERSTEN MÄCHTEN DES REICHES VERBÜNDET! ANDERS WAREN DIE ZAHLLOSEN MISS-GESCHICKE, DENEN DER FARBLOSE RITTER ANHEIMFIEL, NICHT ZU ERKLÄREN.

DOCH SELBST IN DIESER BITTERSTEN UND UNGERECHTESTEN ALLER NIEDERLAGEN ZEIGTE ER WAHRE GRÖSSE UND LIESS SICH DEN GROLL GEGENÜBER SEINEM WIDERSACHER KAUM ANMERKEN.

Mann, das war vielleicht eine Pleite! Und zwar auf ganzer Linie. Nicht nur, dass ich gegen diesen elenden Betrüger verloren habe, nein, ich habe es mir auch noch mit Leos Vater gründlich verscherzt. Mist, verdammter! Und alles nur wegen dieses scheinheiligen Schauspielers! Da kann mir doch keiner erzählen, dass das keine Absicht war! Dieser verfluchte, aalglatte, miese …

Immer langsam, Charlie Brown. Von vorne, Charlie Brown.

Von vorne? Ganz von vorne? Okay, wenn's sein muss, dann eben ganz von vorne.

Es begann heute Morgen um kurz nach sieben, als ich friedlich in meinem Bett schlummerte und gerade träumte, dass Leo neben mir lag und wir dabei waren, jede Menge Sachen zu machen, die niemanden etwas angehen. Das war einer dieser Träume, die sich ausgesprochen echt anfühlen, weil das, was darin passiert, ja tatsächlich möglich wäre. Manchmal träume ich, dass ich fliegen kann. Also so richtig, von ganz allein, ohne irgendwelche Hilfsmittel. Wie Superman, nur nicht so schnell, eher gemütlich wie Peter Pan. Dann merke ich, wie ich abhebe, spüre den kühlen Luftzug über meine Hände und mein Gesicht streifen und alles wirkt absolut echt – die Schwerelosigkeit, das unvergleichliche Glücksgefühl, realistischer könnte es kaum sein. Trotzdem weiß ich in diesen Momenten hoch über der Stadt ganz genau, dass ich träume.

Heute Morgen war ich allerdings fest davon überzeugt, dass Leo wirklich mit mir im Bett lag. Ihr einzigartiger süßer Duft durchströmte meine Nasenflügel, ich spürte ihre Hand an meinem Hals und ihre Lippen auf meinen. Umso irritierender war das laute, blecherne Hämmern, das sich plötzlich in meinen Ohren breitmachte. Leo schien es nicht zu stören, sie küsste mich einfach weiter. Ich versuchte, den Krach zu ignorieren, aber er wollte einfach nicht aufhören. Dann war Leo auf einmal verschwunden, sie hatte sich einfach in Luft aufgelöst, und ganz langsam dämmerte es mir: Ich musste geträumt haben. Aber wieso verschwand dann das blöde Hämmern nicht, als ich die Augen öffnete? Mein erster verwirrter Blick ging in Richtung Digitalwecker, der 07:03 Uhr anzeigte. Wer, zum Teufel, veranstaltete am Sonntagmorgen bloß so einen Lärm? Noch halb schlafend, aber leider nicht mehr träumend, kroch ich aus dem Bett und schlurfte dem Radau entgegen aus meinem Zimmer in den Flur. Jede Wette: Das Bild, das sich mir dort bot, hat auf der ganzen Welt noch niemand gesehen.

Mein Vater stand im Schlafanzug in der Badezimmertür, den Griff eines Milchtopfes fest umklammert, und hämmerte wie besessen mit dem Topf auf das Schloss am Türrahmen ein. BANG! BANG! BANG! BANG! Der Lärm war ohrenbetäubend – ein Wunder, dass die Nachbarn noch nicht vor unserer Tür Schlange standen und Sturm klingelten.

„Papa?“, sprach ich ihn an, aber er hörte mich nicht.

„Papa!“, wiederholte ich lauter.

Er hielt kurz inne und sah mich an.

„Ah, Charlie“, sagte er, „guten Morgen. Hast du gut geschlafen?“

Und schon hämmerte er weiter auf den Türrahmen ein.

„Kannst du mir mal verraten, was du da machst?“, fragte ich über den Lärm hinweg. „Du weckst ja die ganze Straße auf.“

„Na, ich repariere die Tür“, sagte er. „Die klemmt. Hab ich doch schon gestern gesagt. Aber den Hammer habe ich noch immer nicht gefunden.“

„Und dann nimmst du unseren Milchtopf?“, wunderte ich mich.

„Gab nichts Besseres“, antwortete er zwischen zwei donnernden Schlägen. „Aber der ist ja eh kaputt, macht also nix.“

„Kaputt?“, hakte ich mit skeptischer Miene nach. „Wie kann denn ein Topf kaputt sein?“

„Na, der funktioniert irgendwie nicht richtig“, erklärte mein Vater. „Mir ist schon dreimal die Milch angebrannt, mit dem Ding stimmt irgendwas nicht, da muss ein neuer her.“

Unglaublich, dieser Mann, oder? Ich meine, das war jetzt kein Witz, das hat er echt gesagt und – was noch abstruser ist – das glaubte er wirklich.

„Die Milch brennt doch nicht an, weil der Topf kaputt ist, Papa“, sagte ich und konnte mir ein Grinsen nicht verkneifen. „Die brennt an, weil du sie zu lang auf dem Herd stehen lässt.“

„Kann nicht sein“, erwiderte er und schüttelte den Kopf. „Neulich hab ich mal aus Versehen einen Topf Wasser über eine halbe Stunde lang auf dem Herd stehen lassen, das ist auch nicht angebrannt.“

„Klar“, sagte ich. „Weil Wasser ja auch nicht anbrennen kann, Milch aber schon.“

„Eben“, sagte mein Vater. „Und deswegen gibt es ja extra Milchtöpfe, die speziell dafür konstruiert wurden, dass Milch nicht anbrennt. Aber der hier ist ganz offensichtlich kaputt. Vielleicht ist da ja noch Garantie drauf. Weißt du, wo die Quittung ist?“

Er fing wieder an, auf den Türrahmen einzuprügeln.

„Jetzt lass das doch, Papa!“, hielt ich ihn auf. „Das bringt doch nichts, du machst es nur noch schlimmer. Ich kümmere mich drum, heute noch, versprochen. Aber erst, wenn ich ausgeschlafen habe. Sieben Uhr ist nämlich viel zu früh für einen Sonntag. Das sehen die Nachbarn übrigens bestimmt ähnlich. Also hör jetzt bitte auf, den Topf zu malträtieren, und geh wieder ins Bett so wie ich. Gute Nacht.“

„Na gut, hast wahrscheinlich Recht“, sagte mein Vater und zuckte mit den Schultern. „Aber einen Versuch war es wert.“

Ich wartete noch kurz, um sicherzugehen, dass er

sich auch wirklich in sein Zimmer verzog, und schlurfte zurück ins Bett, wo ich keine zwei Minuten später sanft wieder einschlummerte.

Die Hoffnung, Leo zurück in mein Bett träumen zu können, erfüllte sich leider nicht. Trotzdem war sie es, die mich über vier Stunden später weckte.

Der Titelsong der Serie *The Big Bang Theory* ertönte. Da diese Serie Leos und meine absolute Lieblingsserie ist, habe ich diesen Klingelton nur ihr zugeordnet, und ich wusste gleich, dass sie es war, die mich anrief. Sofort war ich hellwach.

„Hi, Leo!“, begrüßte ich sie freudig.

„Hi, Charlie! Hab ich dich geweckt?“

„Nur ein bisschen“, antwortete ich. „Aber von dir lasse ich mich natürlich gern wecken.“

„Oh Mann, ich bin schon seit acht Uhr wach“, stöhnte sie. „Paps hat darauf bestanden, uns zum Frühstücken in die Stadt einzuladen. Und es war sauspät gestern, ich bin am Büfett fast im Stehen eingeschlafen.“

Aha, *sauspät* war es also. Sehr beunruhigend. Wenn es bei Leo und mir mal sauspät wurde, dann lag das in hundert Prozent der Fälle daran, dass wir die Finger nicht voneinander lassen konnten. Nein, weg mit diesen bösen Gedanken! Das war Blödsinn, so etwas würde Leo nie tun!

„Was habt ihr denn so lang gemacht?“, fragte ich.

„Ach, nichts Besonderes“, sagte Leo. „Paps hat erst

für uns gekocht, dann haben wir *Inception* geguckt und danach habe ich mich mit Joe bis drei Uhr morgens festgequatscht."

Wie bitte?! Ich dachte, ich höre nicht richtig! Das war ja wohl eine riesengroße Sauerei! *Inception* wollten *wir* eigentlich zusammen gucken! Das war fest ausgemacht! Hatte sie das etwa vergessen? Wie konnte sie mir das antun?

„Aha", brummte ich säuerlich. „Und wie war der Film?"

„Ja, ich weiß", sagte sie mit schuldbewusstem Unterton. „Den wollten wir uns zusammen angucken, tut mir echt leid. Paps hat ihn einfach, ohne zu fragen, aus der Videothek mitgebracht. Aber ich guck ihn mir mit dir noch mal an, okay?"

„Ja, okay", grummelte ich. „Musst du aber nicht."

„Stimmt, muss ich nicht", erwiderte sie schnippisch. „Ich kann dir das Ende auch gleich verraten. Also pass auf: Da geht es ja um Träume, und ganz am Schluss, das ist ganz fies, da …"

„Nein, nicht verraten!", unterbrach ich sie schnell. „Ich will ihn mir doch noch angucken!"

„Ach ja? Mit wem denn?", fragte sie herausfordernd.

„Mit dir", beteuerte ich. „Nur mit dir natürlich!"

„Das will ich dir auch geraten haben", sagte sie und lachte dabei.

Ich musste auch lachen und wieder einmal feststellen, wie sehr ich Leo dafür liebte, dass sie mir nie eine Chance gab, länger sauer auf sie zu sein.

„Apropos Träume“, sagte ich. „Ich hab heute Nacht von dir geträumt.“

„Echt? Ich hoffe, es war etwas Unanständiges?“

„Keine Sorge“, sagte ich und wusste, sie konnte mein verschmitztes Grinsen dabei hören. „Es war sogar *sehr* unanständig.“

„Wirklich? Erzähl! Ich will Details!“

„Sorry, aber das geht leider nicht“, sagte ich. „Die Details sind absolut nicht jugendfrei, da mache ich mich strafbar, wenn ich sie dir erzähle.“

„Hey, das ist unfair!“, beschwerte sie sich. „Ich habe ein Recht auf Details! Ich war schließlich quasi dabei!“

„Aber nur *quasi*“, erwiderte ich lachend.

Ich senkte die Stimme. „Ich vermisse dich“, seufzte ich leise.

„Wieso?“, fragte sie neckisch. „Du hast doch gerade erst von mir geträumt.“

Nein, ich hatte nicht wirklich erwartet, dass sie mir ein sehnsuchtsvolles „Ich dich auch!“ entgegenhauchen würde. Das fiel eindeutig in die Kategorie Liebeskitsch und kam somit in Leos Wortschatz nicht vor. Am Anfang hatte mich dieses Nicht-Erwidern von weltweit üblichen Liebesfloskeln noch ziemlich irritiert, aber seitdem ich wusste, wie Leo tickte, war das kein Problem mehr.

„Das ist nicht dasselbe“, sagte ich. „Wenn du wirklich hier bist, löst du dich nicht plötzlich in Luft auf.“

„Echt, das kann ich?“, erwiderte sie. „Cooler Trick. Ob das auch in der Schule funktioniert?“

„Nur, wenn ich in Bio mal wieder einschlafe und von dir träume“, sagte ich.

„Na, das sollte wohl kein Problem sein. Das probieren wir gleich nach den Ferien mal aus.“

„Okay, gebongt.“

„Du, weswegen ich eigentlich anrufe: Mein Paps hat uns für heute Abend zum Bowling eingeladen.“

„Wie – *uns?* Mich etwa auch?“, fragte ich leicht verwundert, da mich Leos Vater noch nie zu irgendetwas eingeladen hatte.

„Nein, *dich* natürlich explizit nicht“, antwortete Leo. „Du musst zu Hause bleiben. Ich erzähle dir das nur, um dich zu quälen.“

„Äh … okay, also Bowling“, sagte ich. „Wann? Wo?“

„So gegen sieben. Am Henninger-Turm. Sollen wir dich abholen?“

„Nicht nötig“, sagte ich. „Ich komm selbst hin.“

„Okay, prima“, sagte Leo fröhlich. „Dann sehen wir uns also heute Abend. Siehst du, du musst mich gar nicht vermissen. Bis dann!“

„Ja, bis dann“, sagte ich und legte einen süßlich schmalzigen Tonfall auf. „Ich freu mich schon ganz doll, Schatzimausi! Tschü-üss! Kussi!“

„Vorsicht", knurrte sie ins Telefon. „Noch so ein Spruch und ich benutze deinen Kopf heute Abend als Bowlingkugel."

„Ja, Schatzilein", säuselte ich in mein Handy. „Ich hab dich auch gaaaanz doll lieb. Bis heute Abend, kann's kaum erwarten! Kussi!"

Bevor sie weitere gesundheitsgefährdende Drohungen aussprechen konnte, legte ich schnell auf.

Bowlingspielen. War das gut oder schlecht? Gut fand ich auf jeden Fall, dass ich Leo sehen würde. Und dass ihr Vater mich auch eingeladen hatte. Schlecht daran war, dass ich wieder nicht mit Leo allein sein würde. Und dass ich schon ewig nicht mehr Bowling gespielt hatte. Das letzte Mal musste vor ungefähr zwei Jahren gewesen sein. Mit Tante Heidi, bevor sie nach Spanien gezogen war. Damals konnte ich das echt gut. Aber jetzt? Konnte man Bowling spielen verlernen? Schließlich wollte ich mich nicht blamieren, weder vor Leo noch vor ihrem Vater und schon gar nicht vor dem ach so perfekten Joe Cool. Er war mir ja bereits in Sachen Aussehen und Coolness weit überlegen, da musste ich nicht auch noch im Bowling gegen ihn verlieren. Vielleicht sollte ich eine Stunde früher hingehen und mich schon mal warm spielen? Oder war das dann doch zu albern? Ich beschloss, die Entscheidung darüber auf später zu verschieben und erst einmal in Ruhe zu duschen und zu frühstücken.

Nach dem Frühstück setzte ich mich sofort an die

letzte Zeichnung, die gestern nicht mehr fertig geworden war. Und ich musste feststellen, dass mir das Zeichnen wirklich gefehlt hatte. Es bereitete mir sehr viel Spaß, den von mir erfundenen Figuren endlich einmal wieder Leben einzuhauchen.

Ich war gerade dabei, die fertige Bleistiftzeichnung zu tuschen, als mich eine Stimme hinter mir plötzlich aufschrecken ließ: „Hey-ho! Alles im Lot …“

Eine zweite Stimme beendete den Satz: „… auf dem schwankenden Boot?“

Ohne mich umzudrehen, wusste ich natürlich sofort, wer da hinter mir stand – es war das MarIngo.

Wie jetzt? Ihr wisst nicht, was ein MarIngo ist? Kein Wunder, es gibt ja auch nur ein einziges auf der ganzen Welt! Aber keine Sorge, ich habe die streng wissenschaftliche Erklärung dafür, was es mit diesem MarIngo auf sich hat:

Das MarIngo

Ein MarIngo ist ein Morph-Wesen, das entsteht, wenn ein bester (und zugleich einziger) Freund namens Ingo eine Liebesbeziehung mit einem Mädchen namens Marie eingeht. Ein MarIngo tritt nie getrennt auf, es muss immer eine körperliche Verbindung zwischen den beiden Hälften, den sogenannten Symbionten, bestehen, sonst geht es sofort ein wie eine Primel unter der Sonnenbank. Für gewöhnlich wird diese Verbindung durch unablässiges beiderseitiges

Umarmen sichergestellt und mit einer Kussfrequenz von mindestens 3 S/m (drei Schmatzer pro Minute) gefestigt.

Wenn diese Verbindung aufgrund logistischer Zwänge (beispielsweise durch paarfeindliche Kinositze) nicht aufrechtzuerhalten ist, tritt automatisch die abgeschwächte Notversion in Kraft, die vorsieht, dass sich die Hände, mindestens jedoch zwei Finger der Symbionten berühren müssen. Sollten extrem widrige Umstände (beispielsweise nach Geschlechtern getrennte Sanitäranlagen) dazu führen, dass die Hälften des MarIngos getrennt werden, reagieren diese in der Regel mit schmerzverzerrtem Wehklagen sowie dem Verlust jeglichen Zeitgefühls und sämtlicher physikalischer Grundkenntnisse. Äußerungen wie „Ich bin in zwei Sekunden wieder da!" oder „Ich fliege sofort zurück zu dir!" sind in derartigen Extremsituationen keine Seltenheit. Vorsicht! Außenstehenden sei in solchen Fällen zur sofortigen und nachhaltigen Flucht geraten, da sie sonst Gefahr laufen, vom hilflos zurückgelassenen Teil des MarIngos zu Tode gejammert zu werden! Glücklicherweise gibt es zum Schutz aller eventuell Betroffenen ein untrügliches Warnsignal, das einem für gewöhnlich zwischen 2,7 und 3,1 Sekunden Zeit lässt, um sich aus der Gefahrenzone zu entfernen.

Während der vollständigen Trennung eines MarIngos ist ein deutliches RRRRRRRATSCH! zu hören – in etwa vergleichbar mit dem Geräusch, das entsteht, wenn man ein Rhinozeros in einem Ganzkörper-Klettverschluss-Anzug an der Decke befestigt hat und feststellen muss, dass es doch schwerer ist, als man dachte.

Von einem intakten MarIngo hingegen geht abgesehen von den gelegentlich auftretenden natürlichen Nerv- und Fremdschäm-Faktoren absolut keine Gefahr aus, im Gegenteil: Bei richtiger Handhabung ist ein MarIngo ein stets froh gelaunter, äußerst liebenswerter und wartungsfreundlicher Gefährte und somit eine Bereicherung für jeden Haushalt.

Ja, so ist das mit Marie und Ingo. Die beiden sind am selben Abend zusammengekommen wie Leo und ich – und seitdem im wahrsten Sinne des Wortes unzertrennlich. Ich meine, Ingo ist mein bester Freund und wohnt sogar im selben Haus, nur ein Stockwerk über uns, aber seit er mit Marie zusammen ist, habe ich ihn, glaube ich, kein einziges Mal allein gesehen. Ab und zu haben wir auch mal etwas zusammen unternommen, zu viert, und das war meistens sehr lustig. Nach einem solchen Abend erfand Leo dann auch den Begriff *Mar-Ingo* für die beiden, weil sie ohne ständigen Körperkontakt echt nicht überleben können. Dass sie sich jetzt auch noch Ingos übliche Begrüßungssprüche teilten, war allerdings neu.

„Na, ihr zwei“, sagte ich und drehte mich zu ihnen um. „Alles gut bei euch?“

„Bestens, bestens“, sagte Ingo und drückte seiner Marie einen Kuss auf die Wange.

„Und bei dir?“, wollte Marie wissen. „Leo gar nicht da?“

„Nein“, seufzte ich. „Ihr komischer Freund aus Hamburg ist doch zu Besuch.“

„Ach stimmt ja, hat sie erzählt“, sagte Marie „Und, hast du ihn schon kennengelernt?“

„Ja“, seufzte ich wieder. „Leider.“

„Oh, das klingt aber nicht gut“, sagte Marie besorgt. „Was ist denn passiert?“

Da ich keine besondere Lust verspürte, ihr die Geschehnisse des letzten Tages ausführlich zu schildern, drückte ich ihr kommentarlos die ausgedruckten Seiten des Comics in die Hand.

„Oh, guck mal, Mausebärchen“, sagte sie zu Ingo. „Charlie hat neue Comics gezeichnet!“

Mausebärchen? Das war auch neu. Und eine doch sehr ungewöhnliche Bezeichnung für jemanden, der sich selbst gern als knallharten Gangsta-Rapper bezeichnet – obwohl er keiner Fliege etwas zuleide tun kann. Ingo ist schon echt schräg, aber genau das mag ich an ihm. Jedem anderen Jungen wäre es wahrscheinlich oberpeinlich gewesen, wenn ihm seine Freundin in der Öffentlichkeit so einen Kosenamen verpasst hätte, aber Ingo schien noch nicht mal ansatzweise peinlich berührt zu sein.

„Hihi“, kicherte Marie, als sie sich das Bild mit dem Farblosen Ritter auf der Toilette ansah. „Das könnten auch wir sein, Mausebärchen.“

Es erstaunte mich immer wieder, wie locker Marie geworden war, seit sie mit Ingo zusammen war – für ihre Verhältnisse, meine ich. Vor ein paar Wochen hat sie noch keinen Satz herausgekriegt, ohne zwischendurch zehnmal Luft zu holen. Marie ist nämlich chronisch panisch, ihr macht so ziemlich alles Angst. Menschen, Tiere, Nahrungsmittel, alltägliche Gebrauchsgegenstände, Marie ist eine einzige Ansammlung von Phobien. Einige dieser Phobien hat sie wahrscheinlich überhaupt erst erfunden, wie zum Beispiel die Angst, ihre Schultasche zu öffnen, weil sich ein Taschenkrebs darin versteckt haben könnte. Echt jetzt, das ist nicht übertrieben und nur die Spitze des Eisbergs.

Marie ist in meiner Klasse und ich habe ihre Panikattacken tagtäglich live miterlebt – selbst eine zufällig am Fenster vorbeifliegende Meise kann bei ihr zu Schnappatmung führen. Aber seit sie mit Ingo zusammen ist, ist ihr Verbrauch an Papiertüten, in die sie in solchen Fällen immer atmet, erheblich gesunken. Wie genau er das anstellt, weiß ich nicht, aber Ingo tut ihr gut und sie ihm auch, die beiden bilden eine perfekte Einheit – das MarIngo eben.

„Was?!“, fragte Ingo empört, als die beiden beim letzten Bild angekommen waren. „Dieser Typ hat Leo echt einen krass teuren Bling-Bling-Ring aus Gold gekauft?! *Deiner* Freundin?! Hat der sie noch alle?!“

„Nein“, musste ich zugeben, obwohl mir Ingos Empörung irgendwie guttat. „Nur einen aus Plastik mit einem Totenkopf. Aber der hat immerhin fünfzehn Euro gekostet.“

„Und warum hat er ihr den geschenkt?“, wollte Marie wissen. „Einfach so? Ich meine, man schenkt doch niemandem einfach so einen Ring, oder?“

„Sie fand den Ring toll“, erklärte ich. „Aber sie hatte kein Geld mehr dafür.“

„Ja, und? Warum hast *du* ihr das Ding dann nicht gekauft, Alder?“

Ja, super, danke, genau das hatte ich gebraucht –

einen besten Freund, der meine Dummheit laut aussprach.

„Weil ich zu spät geschaltet habe“, seufzte ich.

„Na, dann darfst du dich auch nicht beschweren, Alder“, stellte Ingo nüchtern fest. „Dann hat er Leo ja quasi nur einen Gefallen getan. Ist doch nichts dabei.“

„Also ich kann Charlie schon verstehen“, sagte Marie. „Wenn dir ein anderes Mädchen einen Ring schenken würde, dann fände ich das wahrscheinlich auch nicht so prickelnd, egal ob er aus Gold, Plastik oder sonst was ist.“

Danke, Marie. Wenigstens eine Hälfte des MarIngos, die mich verstand.

„Und ist er wirklich so cool, dieser Joe?“, fragte sie.

„Ja, obercool“, antwortete ich. „Und er sieht auch noch unverschämt gut aus.“

„Oh Mann, ich hab's geahnt“, stöhnte Ingo. „Du immer mit deinem Aussehen, Alder!“

„Was denn?“, erwiderte ich. „Ich hab doch gar nicht von mir gesprochen.“

„Charlie findet, dass er scheiße aussieht“, sagte Ingo zu Marie. „Er denkt, dass alle besser aussehen als er. Voll der krasse Minderwertigkeitskomplex. Was ich nicht schon alles versucht hab, um ihm das auszutreiben – keine Chance. Ich hab allerdings gedacht, das hätte sich erledigt, seit er mit Leo zusammen ist.“ Er wandte sich wieder an mich.

„Ich meine, echt jetzt, Alder! Du bist doch mit deiner absoluten Traumfrau zusammen! So scheiße kannst du also gar nicht aussehen, oder?"

„Aber ich hab doch gar nicht gesagt, dass ich scheiße aussehe", wehrte ich mich. „Ich habe lediglich festgestellt, dass dieser Joe verdammt gut aussieht. Die Wahrheit wird ja wohl noch erlaubt sein. Wenn du mir nicht glaubst, kannst du ihn dir ja gern selbst angucken. Musst nur heute Abend auf die Bowlingbahn am Henninger-Turm kommen, da kannst du ihn in all seiner Pracht bewundern."

„Ihr geht bowlen?", fragte Ingo verzückt. „Mensch, warum sagst du das denn nicht gleich, Alder? Das haben wir ja ewig nicht gemacht! Da kommen wir natürlich mit! Oder, Engelchen?"

Maries Atmung wurde wieder heftiger und sie griff nach einer Tüte.

„Bowling? … Ich … ich weiß nicht", sagte sie stockend. „Die Kugeln machen … immer so ein … unheimliches Geräusch … wenn sie da langrollen … Außerdem habe ich immer Angst … dass meine Finger … in den Löchern stecken bleiben … oder mich etwas … beißt, was sich da drin … versteckt hat."

Ingo legte behutsam seinen Arm um ihre Schulter und streichelte sanft ihren Oberarm.

„Aber Engelchen", redete er beruhigend auf sie ein, „da kann überhaupt nichts passieren, ich bin doch bei dir. Das hat doch beim Autoscooter auch prima funktioniert, oder etwa nicht? Wir haben uns nicht überschlagen und du hast beim Einsteigen keinen tödlichen Stromschlag gekriegt. Und Bowling ist noch viel ungefährlicher. Ich greife auch in jede Kugel extra vorher rein, versprochen. Hm, was sagst du dazu, Engelchen? Du wirst sehen, das macht echt saumäßig Spaß. Und wir können Charlie beweisen, dass er wieder mal krass übertreibt und sich völlig umsonst Sorgen macht."

„Ich mach mir doch überhaupt keine Sorgen", stellte ich klar. „Wer hat denn irgendwas von Sorgenmachen gesagt? Worüber sollte ich mir denn Sorgen machen?"

„Ach komm, jetzt tu doch nicht so", sagte Ingo. „Du hast bestimmt längst irgendein Horrorszenario im Kopf, bei dem dieser Joe dir Leo ausspannt oder irgendwas ähnlich Bescheuertes. Du hast einfach zu viel Fantasie. Das mag ja für deine Comics absolut von Vorteil sein, aber im echten Leben führt das bei dir leider immer zu Wahnvorstellungen."

Das Problem daran, einen allerbesten Freund zu haben: Er kennt einen einfach zu gut. Zumindest hatte er, was meine ausufernde Fantasie betraf, nicht ganz Unrecht. Zustimmen musste ich ihm aber deshalb noch lange nicht.

„Ich hab keine Wahnvorstellungen!", protestierte ich. „Ich hab überhaupt keine Vorstellungen! Ich hab doch nur gesagt, dass dieser Typ gut aussieht! Mehr nicht!"

„Du siehst, Engelchen", wandte sich Ingo wieder an

Marie, „dieser Junge belügt sich nur selbst und braucht dringend unsere Hilfe. Wir haben gar keine andere Wahl, wir müssen mit ihm bowlen gehen."

„Na gut", seufzte Marie, die sich wieder ein bisschen beruhigt hatte. „Dann gehen wir eben bowlen. Für Charlie. Aber wehe, mich beißt was!" Und somit war das dann beschlossene Sache.

Ich war sehr froh darüber, dass die beiden mitkamen und ich der geballten Ladung Hamburg nicht allein gegenüberstehen würde.

Als das MarIngo und ich um kurz nach sieben die Bowlinganlage betraten, sah ich Leo, ihren Vater und Joe schon von Weitem. Sie hatten bereits eine Bahn in Beschlag genommen und warteten auf uns.

„Da sind sie", sagte ich zum MarIngo.

Wir steuerten direkt auf sie zu, sie hatten uns noch nicht entdeckt. Plötzlich blieb Marie stehen.

„Ist er das?", fragte sie mit Blick auf Joe, der neben Leo stand. „Ist das Joe Cool?"

„Ja", sagte ich, „das ist er."

Marie drehte sich ruckartig um, griff in ihre Tasche und begann hastig zu atmen.

„Ach du … Scheiße", sagte sie und zog hektisch eine Tüte hervor. „Der sieht ja wirklich … saugut aus."

Die Tüte wanderte vor ihr Gesicht und blähte sich zu voller Größe auf.

„Tatsache, krass!", stimmte Ingo ihr zu und boxte

mir auf den Arm. „Mensch, warum sagst du das denn nicht vorher?“

„Das hab ich doch gesagt!“, protestierte ich. „Aber ihr wolltet mir ja nicht glauben!“

„Ihr müsst mich schnell … hier wegbringen“, presste Marie zwischen zwei Tütenfüllungen hervor. „Das … überleb ich nicht.“

„Schöne Menschen machen ihr Angst, Mann“, wandte sich Ingo vorwurfsvoll an mich.

„Mit denen … stimmt irgendwas nicht“, erklärte Marie. „Wenn man zu lang … neben einem schönen Menschen steht … löst man sich … in Luft auf.“

Erstaunlich. Während Maries Phobien im Allgemeinen durchweg auf recht realen Hintergründen basierten, schien diese doch eher philosophischen Ursprungs zu sein. Vielleicht würde Marie ja später einmal als die Begründerin einer neuen Wissenschaft, der Philophobie, in die Geschichte eingehen.

„Aber Engelchen“, sagte Ingo und streichelte Marie sanft über den Arm, „wenn man sich wirklich in Luft auflösen würde, sobald man neben einem schönen Menschen steht, dann könntest du mich doch jetzt gerade gar nicht sehen. Dann könnte mich überhaupt niemand sehen, wenn ich neben dir stehe. Oder, Charlie? Stimmt doch?“

„Was?“, sagte ich und blickte mit gespielter Verwunderung in seine Richtung. „Wer spricht da? Ist da jemand? Hallo?“

Marie kicherte und tat ebenfalls so, als würde sie Ingo nicht sehen. „Wer hat das gesagt?“, fragte sie und wandte sich an mich. „Charlie, hörst du auch diese komische Stimme?“

„Ja, ganz deutlich“, sagte ich. „Klingt ein bisschen wie jemand, den ich mal gekannt habe, der aber eines Tages auf einer Bowlingbahn plötzlich vor meinen Augen verschwunden und nie wieder aufgetaucht ist.“

Marie und ich fingen laut an zu lachen.

„Haha, sehr lustig“, motzte Ingo. „Wenn ihr so weitermacht, verschwinde ich wirklich, aber aus der Tür.“

„Och, Mausebärchen“, flötete Marie und drückte Ingo einen Kuss auf die Wange. „Nicht schmollen. War doch nur ein Spaß. Und du weißt doch: Wenn ich lache, vergesse ich meine blöden Ängste meistens.“

„Charlie!“, hörten wir eine Stimme hinter uns. „Hier sind wir!“

Ich drehte mich um und sah Leo auf uns zukommen.

Mein Gott, dachte ich, wenn man tatsächlich in der Anwesenheit schöner Menschen unsichtbar werden würde, wäre ich längst nicht mehr da. Leo sah absolut fantastisch aus. Und das lag nicht daran, dass sie sich besondere Mühe gegeben oder irgendetwas außergewöhnlich Hübsches angezogen hätte – sie sah einfach grundsätzlich absolut fantastisch aus.

Sie kam auf mich zu und wir küssten uns zur Begrüßung.

„Na, ihr zwei“, sagte sie danach und umarmte das MarIngo. „Mit euch hab ich jetzt gar nicht gerechnet. Schön, dass ihr auch da seid.“

Ihr Blick fiel auf die Tüte, die Marie immer noch in der Hand hatte.

„Oje“, sagte sie. „Alles klar bei dir? Was war es denn diesmal? Wieder mal die U-Bahn?“

„Nein“, sagte Ingo. „Sie hat Angst vor schönen …“

„Bowlingkugeln!“, unterbrach ich ihn schnell.

Leo sollte bloß nicht denken, dass wir uns über Joe unterhalten hatten!

„Vor schönen Bowlingkugeln?“, wunderte sich Leo. „Gibt es denn auch hässliche?“

Verdammt, da hatte ich mich mal wieder perfekt selbst in eine Ecke geredet. Wie kam ich da bloß wieder raus?

„Äh … ja, klar“, sagte Marie. „Die hässlichen haben ganz viele Kratzer und Unebenheiten, weil sie schon so oft benutzt wurden. Sie haben sozusagen Charakter, im Gegensatz zu den schönen, die sind noch ganz glatt und glänzen so unheimlich. Die sind unberechenbar und rutschen einem manchmal ganz heimtückisch aus der Hand. Also eigentlich hab ich ja Angst vor allen Bowlingkugeln, aber vor den schönen ganz besonders.“

Nicht schlecht! Marie hatte definitiv was gut bei mir.

„Aha, okay, wieder was gelernt“, sagte Leo und zwinkerte mir zu. „Dann werde ich mir gleich mal eine

Kugel mit Charakter aussuchen, die klingen sehr sympathisch. Wir sind übrigens da drüben, Bahn 10. Am besten, ihr holt euch erst mal Schuhe. Und dann stell ich euch Joe vor, Charlie hat euch bestimmt schon von ihm erzählt. Bis gleich!"

Leo war keine drei Schritte von uns entfernt, als Marie sich wieder ruckartig umdrehte und begann, in ihre Tüte zu atmen.

„Vielleicht sollten wir doch lieber nach Hause gehen, Engelchen", sagte Ingo besorgt. „Nicht, dass du mir noch kollabierst wie neulich im Supermarkt, als die Kassiererin auf dein Wechselgeld geniest hat."

„Nein, nein, Mause...bärchen", keuchte Marie. „Das können wir ... nicht machen ... Keine Sorge ... ich schaff das schon ... irgendwie."

Auf dem Weg zum Tresen, an dem man sich Schuhe ausleihen konnte, warfen Ingo und ich uns einen skeptischen Blick zu.

Wenig später war es so weit: Wir standen Leo & Co. gegenüber und die unvermeidliche Begrüßungsarie nahm ihren Lauf.

„Guten Abend, Herr König", begrüßte ich zuerst Leos Vater mit einem Händedruck, von dem ich nicht wusste, ob er zu fest oder zu lasch gewesen war.

„Hallo, Charlie", grüßte er freundlich zurück. „Hast du Verstärkung mitgebracht?"

„Marie kennst du ja, Papa", sagte Leo. „Und das ist ihr Freund Ingo."

Während wieder Hände geschüttelt wurden, begrüßte mich Joe mit einem kumpelhaften Klaps auf die Schulter.

„Charlie, alles klar bei dir?“, fragte er.

„Hey, Joe“, sagte ich. „Ja, alles bestens. Und wie geht's dir?“

„Na ja“, antwortete er, „so gut, wie es einem in Frankfurt eben gehen kann.“

Das fing ja prima an! Ich versuchte, höflichen Small Talk zu betreiben, und er hatte nichts Besseres zu tun, als gleich zu Beginn unserer zweiten Begegnung wieder einmal meine Stadt schlechtzumachen.

Ach, weißt du, Frankfurt würde es auch wesentlich besser gehen, wenn sich gewisse Leute wieder nach Hamburg verpissen würden.

Nein, das habe ich natürlich nicht gesagt. Aber es lag ganz weit vorn auf meiner Zunge und wäre fast herausgepurzelt. Stattdessen strafte ich seine dämliche Bemerkung mit Ignoranz und ging noch nicht mal mit einem verächtlichen Augenrollen darauf ein.

Kurz darauf folgte die heikelste aller Begrüßungen: „Marie, das ist Joe“, sagte Leo. „Joe, das ist Marie. Ich hab dir schon von ihr erzählt, wir sind in einer Klasse.“

„Marie?“, fragte Joe. „Dann bist du das Mädchen mit den tausend Phobien?“ Er beugte sich nach vorn und drückte ihr links und rechts ein Küsschen auf die Wange. „Hallo, Marie“, sagte er und zwinkerte ihr zu. „Vor *mir* hast du hoffentlich keine Angst.“

Wäre Marie ein Wasserkessel gewesen, wäre in diesem Moment Dampf aus ihren Ohren geschossen und ihre Nase hätte ein durchdringendes Pfeifgeräusch abgegeben.

Bevor sie in Ohnmacht fallen konnte, schob Ingo sich schnell vor sie.

„Hi, ich bin Ingo", sagte er. „Marie braucht bei fremden Leuten eine Sicherheitszone von drei Metern, also geh bitte nicht so nah an sie ran, okay? Der Einzige, der sie anfassen darf, bin ich."

„Okay, okay, kein Problem", sagte Joe und wich zwei Schritte zurück. „Sorry, kommt nicht wieder vor."

„Besser ist das", knurrte Ingo leise.

„Sollen wir dann mal anfangen?", fragte ich, bevor Ingo Joe an die Gurgel springen konnte.

„Gute Idee", sagte Leos Vater. „Was haltet ihr davon, wenn wir Teams bilden?"

„Oh ja, das machen wir!", rief Leo. „Wer spielt mit wem?"

Na, das war ja wohl klar! Marie und Ingo waren sowieso unzertrennlich, Leo und ich gehörten zusammen und somit blieben für das dritte Team nur Leos Vater und Joe übrig – dachte ich.

„Wie wäre es mit Hamburg gegen Frankfurt?", schlug Joe vor. „Ein kleines Städteduell, drei gegen drei."

„Gebongt!", sagte Ingo, bevor ich etwas dagegen unternehmen konnte. „Die Verlierer zahlen eine Runde Getränke. Ich nehme eine Cola!"

Ja, super. Das bedeutete, ich würde nicht mit Leo zusammenspielen. Und mein Team würde aller Voraussicht nach haushoch verlieren.

Nachdem Team Frankfurt sich die Schuhe angezogen und Marie die hässlichste Bowlingkugel der ganzen Anlage gefunden hatte, ging es los.

„Als Gastgeber darf Frankfurt natürlich anfangen“, verkündete Leos Vater.

Ich schnappte mir eine Kugel und betrat die Bahn. Auch wenn ich unsere Chancen mehr als schlecht einschätzte – kampflos wollte ich mich nicht geschlagen geben! Immerhin ging es hier um die Ehre meiner Heimatstadt und gegen Joe Cool.

Ich hob die Kugel vor meine Brust und atmete tief durch. Wo sie einschlagen musste, um alle zehn Pins beim ersten Wurf niederzustrecken, wusste ich noch genau – exakt zwischen dem mittleren Pin und einem seiner Nachbarn. Ich fixierte diesen Punkt hoch konzentriert und lief los. Mein Bewegungsablauf fühlte sich gut an. Es war, als hätte ich gerade gestern zum letzten Mal gebowlt. Beim dritten Schritt ließ ich den Arm mit der Kugel sinken. Mit einem eleganten Schwung holte ich aus, die letzten zwei Schritte, mein Arm bewegte sich vorwärts, gleich würde ich die Kugel loslassen …

„Hrmdanebenhrm!“, ertönte es genau in diesem Moment hinter mir.

Kennt ihr das? Wenn jemand so tut, als ob er hustet,

dir beim Husten aber irgendeine Gemeinheit untergejubelt? Hrmarschlochhrm. Hrmvollpfostenhrm. Das ist eine ganz hinterhältige Art, jemanden zu beleidigen – oder wie in diesem Fall: zu irritieren. Was auch perfekt funktionierte, denn dadurch ließ ich die Kugel einen Tick zu spät los. Sie setzte krachend auf der Bahn auf und holperte von dort unaufhaltsam in die linke Seitenrinne der Schande.

Als ich mich umdrehte, bestätigte sich mein Verdacht: Der hustende Übeltäter war Joe Cool gewesen. Er strahlte übers ganze Gesicht und zog dann mit Unschuldsmiene die Schultern hoch. Die Versuchung, ihn sofort dafür zur Rechenschaft zu ziehen, war zwar riesengroß, aber ein Blick in die restlichen Gesichter zeigte mir, dass außer mir offensichtlich niemand seine wettbewerbsverzerrende Schandtat mitgekriegt hatte. Mir blieb nichts anderes übrig, als meinen Ärger hinunterzuschlucken und meinen zweiten Wurf in Angriff zu nehmen. Selbstverständlich war ich jetzt darauf gefasst, dass Joe wieder versuchen würde, mich zu stören, aber genau das tat er nicht – was mich leider auch irritierte und meinen Wurf ebenso erfolglos enden ließ wie den ersten. Dass er mich *nicht* abgelenkt hatte, konnte ich Joe Cool natürlich erst recht nicht vorwerfen. Mürrisch trat ich den Weg zurück zu meinem Team an – nicht ohne meinem heimtückischen Widersacher dabei einen vernichtenden Blick zuzuwerfen, den er allerdings breit grinsend an sich abprallen ließ.

„Macht nix, Alder“, sagte Ingo und klopfte mir aufmunternd auf die Schulter. „Musst dich wahrscheinlich erst warm spielen. Der Nächste wird besser.“

Leo, die als Nächste dran war, musste sich offenbar nicht warm spielen, denn sie räumte gleich beim ersten Wurf acht Pins ab. Mit dem zweiten traf sie zwar nichts, trotzdem stand es danach 8:0 für Hamburg.

Dann war Marie an der Reihe. Ingo ging mit ihr nach vorne und überprüfte ihre Kugel auf in den Löchern lauernde Insekten, fand aber zu Maries Erleichterung keine. Er ging mit Marie bis an die Linie, die man nicht übertreten durfte. Es dauerte einen Moment, bis Marie sich endlich traute, ihre Finger in die Löcher der Kugel zu stecken.

„Sehr gut, Engelchen“, sagte Ingo. „Jetzt kannst du sie werfen. Versuch die Mitte zu treffen. Aber vergiss nicht loszulassen.“

Marie schwang ihren Arm kaum merklich zurück und wieder nach vorn und ließ die Kugel los. Ganz ehrlich und ohne jede Häme: So langsam hatte ich noch nie eine Bowlingkugel rollen sehen. Das war keine Zeitlupe, das war Super-Super-Zeitlupe. Immer wieder ertappte ich mich dabei, wie meine Beine zuckten, weil ich unbedingt aufstehen wollte, um der Kugel einen helfenden Tritt zu verpassen. Ich bezweifelte stark, dass sie es überhaupt ohne plötzlich aufkommenden Rückenwind bis zum Ende der Bahn schaffen würde, und selbst wenn: Hatte sie dann noch die Kraft, auch nur einen einzigen Pin umzuwerfen, oder würde sie von diesem Hindernis eher vollends gestoppt werden?

Auf der Bahn links neben uns wechselte bereits zum zweiten Mal der Spieler, während Maries Kugel gemütlich vor sich hin kullernd in der zweiten Hälfte der Bahn angekommen war. Mit gefühlten zwei Umdrehungen pro Minute kämpfte sie sich tapfer vorwärts, und als sie ihr Ziel wider Erwarten tatsächlich doch noch erreichte, hielten alle gespannt den Atem an. Die Kugel touchierte den mittleren Pin ganz leicht, er begann kaum merklich nach links zu schwanken, dann nach rechts, wieder nach links, und schließlich fiel er um und riss dabei fünf seiner Kollegen mit in den Abgrund.

Der darauffolgende Jubel war grenzenlos. Das Mar-Ingo sprang jauchzend auf und ab und streckte triumphierend alle vier Arme in die Luft – zumindest im Feiern kleiner Erfolge lag Frankfurt schon mal ganz weit vorn. Und selbst mit dem zweiten Wurf räumte Marie noch einen Pin ab, wir holten auf.

Als Nächstes erhob sich Leos Vater von seinem Sitz und griff nach einer Kugel.

„Los, zeig's ihnen, Robert!", feuerte Joe Cool ihn an. „Einen Strike für Hamburg!"

Ich kippte fast vom Stuhl. Wie bitte?! Er duzte Leos Vater?! Wieso durfte Joe das? Und wieso durfte ich das nicht? Das bedeutete wohl, dass Leos Vater Joe lieber mochte als mich. Ich war ihm offenbar nicht sympathisch genug für das Du – und womöglich auch nicht sympathisch genug, um der Freund seiner Tochter zu sein. Wahrscheinlich wäre ihm sein Duzfreund Joe als potenzieller Schwiegersohn viel lieber. Vielleicht war *er* es sogar, der Joe nach Frankfurt eingeladen hatte, damit Leo sich in ihn verliebt und mich, den unsympathischen Siez-Comiczeichner, abschießt. Genau, dieser Mann ist ein Verschwörer! Ein skrupelloser, egomanischer Liebeszerstörer! Ein überväterlicher Erzschurke! Ein ...

Du hast wohl nicht mehr alle Tassen im Schrank, Charlie Brown.

Wieso? Könnte doch sein!

Nein, könnte es nicht, Charlie Brown. Dein Leben ist kein Comic, Charlie Brown.

Ja, leider! Auf einen Comic könnte ich wenigstens Einfluss nehmen und mir alles so zeichnen, wie es mir gefällt. Dann würde ich Joe Cool und seinen besten Freund Robert einfach wegradieren und alles wäre gut. Ich finde, für jedes Leben sollte es einen Radiergummi geben. Dann wäre so vieles so viel einfacher.

Nicht träumen, Charlie Brown. Erzähl weiter, Charlie Brown.

Na gut, okay.

Die erste Partie Hamburg gegen Frankfurt endete 95:51 für Hamburg, nachdem Joe mich beim letzten Wurf erneut mit einem *Hrmvorbeihrm* irritiert hatte.

„Verfluchte Scheiße!“, schimpfte ich laut, während Joe und Leos Vater sich mit einem laut klatschenden

High-Five gegenseitig zu ihrem eindeutigen Sieg beglückwünschten.

„Oh, oh", frotzelte Joe in meine Richtung. „Frankfurt erweist sich als schlechter Verlierer."

Von wegen schlechter Verlierer! Pah! Dieser elende Betrüger! Am liebsten hätte ich ihm sein hämisches Mundwerk mit einer Bowlingkugel gestopft, aber ich riss mich zusammen.

„Allerdings", stimmte Leos Vater ihm zu und sah mich tadelnd an. „Und die Wortwahl lässt auch zu wünschen übrig."

Mist. Jetzt war ich ihm auch noch unangenehm aufgefallen. Dabei fluchte ich sonst eigentlich sehr selten. Und schuld war nur dieser verdammte, hustende Falschspieler!

„'tschuldigung", sagte ich verlegen. „Hab mich nur über mich selbst geärgert, kommt nicht wieder vor."

„Du darfst Paps nicht so ernst nehmen", sagte Leo und drückte mir einen tröstenden Kuss auf die Wange. „Was glaubst du, wo ich so gut fluchen gelernt habe? Du müsstest ihn mal erleben, wenn er Fußball guckt. Da halten die Leute noch drei Häuser weiter ihren Kindern die Ohren zu."

Leos Vater grinste und zwinkerte mir schelmisch zu.

„Oh Mann", sagte Joe und griff sich demonstrativ an den Hals „Die Luft ist vielleicht trocken hier. Ich könnte jetzt ganz dringend etwas zu trinken gebrauchen. Ach stimmt, da war ja noch was, oder? Frankfurt schuldet uns eine Runde Getränke. Ich würde eine große Sprite nehmen."

„Für mich eine Bionade, Litschi, wenn sie haben", sagte Leo.

„Okay", seufzte ich. „Dann hole ich uns mal was zu trinken. Herr König?"

„Für mich eine Weißweinschorle, bitte", sagte Leos Vater.

„Für euch auch was?", fragte ich das MarIngo.

„Ein Wasser, bitte", antwortete Marie. „Aber ohne Kohlensäure, da hab ich nämlich Angst, dass die mir das Zahnfleisch wegbitzelt."

„Ich helf dir tragen", sagte Ingo und stand auf. „Ich bin gleich wieder da, Engelchen."

RRRRRRRATSCH!

Phänomenal. Zum ersten Mal an diesem Abend vollzog das MarIngo eine komplette Trennung.

„Aber beeil dich, Mausebärchen!", sagte Marie mit flehendem Blick.

„Natürlich, Engelchen", sagte Ingo und hauchte ihr einen Luftkuss zu. „Du wirst gar nicht merken, dass ich weg war."

„Ich merke es aber jetzt schon", seufzte Marie. „Du wirst mir ganz schrecklich fehlen."

Leo steckte sich hinter ihnen mit rollenden Augen demonstrativ den Zeigefinger in den Hals.

Ich grinste sie an und schnappte mir Ingo am Kragen. „Los jetzt", sagte ich und zerrte ihn von Marie weg. „Sonst sind die Getränke verdunstet, bis wir da sind.“

„Bis gleich, Mausebärchen!“, rief Marie ihm noch nach.

„Ich fliege!“, rief Ingo zurück.

Ich ließ seinen Kragen erst los, als wir außer Sichtweite waren. Am Getränketresen standen bereits einige Leute, wir mussten warten.

„Was für ein Arschloch, oder?“, sagte ich.

„Wer?“, wollte Ingo wissen.

„Na, dieser Joe!“, erwiderte ich gereizt. „Hast du nicht mitgekriegt, wie er mich mit voller Absicht irritiert hat?“

„Was, echt?“, wunderte sich Ingo. „Nö, ist mir nicht aufgefallen.“

„Er hat so komisch gehustet“, erklärte ich und demonstrierte ihm, was ich meinte. „*Hrmdanebenhrm*, so in der Art, weißt du? Das hat er zweimal gemacht!“

„Quatsch, Alder“, erwiderte Ingo. „Hat er nicht. Das hätte ich doch gemerkt. Du hörst wohl schon die Flöhe husten.“

„Der Kerl ist oberlink, glaub's mir!“, sagte ich. „Irgendwas stimmt mit dem nicht, das spüre ich.“

„Ich glaub eher, dass da mit *dir* irgendwas nicht stimmt“, sagte Ingo. „Du machst dir mal wieder Probleme, wo gar keine sind. Mach dich locker, Alder, echt jetzt. Vielleicht gewinnen wir dann ja sogar das nächste Spiel.“

„Okay“, knurrte ich widerwillig. „Ich werd’s versuchen. Aber achte mal bitte drauf, wenn der Typ wieder hustet.“

Wir waren an der Reihe und ich bestellte die Getränke. Ingo übernahm die Hälfte der Rechnung und wir gingen zurück zu unserer Bahn.

Nachdem das MarIngo seine Wiedervereinigung gebührend zelebriert hatte und die Getränke verteilt waren, stand das nächste Spiel an.

„Wie wäre es mit neuen Teams?“, schlug Leos Vater vor. „Drei Zweierteams vielleicht? Dann ist es ein bisschen ausgeglichener.“

„Marie und ich“, meldete sich Ingo sofort zu Wort. „Wir spielen zusammen.“

„Ach was“, bemerkte Leo grinsend. „Da wär ich ja nie draufgekommen.“

„Gut“, sagte Leos Vater. „Dann spielt Leo mit Charlie und Joe spielt mit mir. Sind alle damit einverstanden?“

Und wie ich einverstanden war! Mit Leo zusammen spielen zu dürfen, war der erste Lichtblick an diesem Abend.

Sie kam auch gleich auf mich zu und legte mir den Arm um die Hüfte. „Denen werden wir’s zeigen“, sagte sie und küsste mich kurz auf den Mund. „Wer fängt an?“

„Der Gast hat den Vortritt“, sagte ich großmütig und nickte Joe zu.

„Der Gast wird euch gleich von der Bahn fegen", erwiderte Joe siegessicher und schnappte sich eine Kugel.

Mehr als acht Pins fielen allerdings bei seinen zwei Versuchen nicht um, Leo konterte sofort mit neun.

Nachdem Marie mit Mühe und Not eine Drei und Leos Vater eine Sieben geworfen hatte, war ich an der Reihe. Mit Leo an meiner Seite war ich irgendwie viel lockerer. Entsprechend locker schlug dann auch meine erste Kugel genau an der richtigen Stelle ein und hämmerte mit einem lauten Krachen alle zehn Kameraden weg – Strike! In den nächsten Runden warf ich eine Neun, einen Spare und eine Acht, und auch Leo lag nie unter Sieben, es lief fantastisch. Während das MarIngo weit abgeschlagen war, hielten Leos Vater und Joe sehr gut mit.

Vor Beginn der letzten Runde stand es 87:83:38 für uns. Leos Vater war dran und warf acht Punkte. Das hieß, ich musste nur lächerliche fünf Pins umwerfen, um uns den Sieg zu sichern. Nichts leichter als das!

Ich ging nach vorne und schnappte mir meine Kugel. Leo stand ebenfalls auf und kam auf mich zu.

„Das schaffst du locker", sagte sie und küsste mich.

Ihr Vater trat neben sie und legte ihr den Arm um die Schulter. „Du weißt hoffentlich, dass ich dir das Taschengeld kürze, wenn ihr jetzt gewinnt?", sagte er schelmisch zwinkernd.

„Kein Problem", erwiderte Leo fies grinsend. „Dann geh ich eben wieder strippen."

„Von mir aus", sagte ihr Vater und zuckte gleichgültig mit den Schultern. „Aber nur am Wochenende und in den Ferien. Die Schule wird deswegen auf keinen Fall vernachlässigt. Haben wir uns verstanden, junges Fräulein?"

Beide fingen an zu lachen und mir wurde zum ersten Mal bewusst, woher Leo ihren von mir so sehr geliebten knochentrockenen Humor hatte. Aber noch war für mich nicht die Zeit, unbeschwert mitzulachen. Es mussten zuerst noch mindestens fünf Pins ins Jenseits befördert werden.

Während Leo und ihr Vater hinter mir stehen blieben, konzentrierte ich mich auf meinen Wurf. Ich atmete tief durch, hob die Kugel und visierte mein Ziel an. Vier Schritte Anlauf, die Kugel schwang gerade nach hinten, als genau das passierte, womit ich wirklich nicht mehr gerechnet hatte: „*Hrm! Hrm!*", ertönte es hinter mir – und ich verzog meinen Wurf komplett. Die Kugel schepperte bereits nach drei Metern in die rechte Seitenrinne.

„Da zeigt aber jemand Nerven!", hörte ich Joe hinter mir rufen.

Mein Blutdruck stieg rasant an, ich kochte vor Wut. Dieser verdammte Mistkerl! Ich war unvorsichtig geworden, hatte mich von ihm einlullen und in Sicherheit wiegen lassen. Am liebsten wäre ich ihm sofort an die Gurgel gesprungen, um ihn zur Rede zu stellen, aber diesmal hatte er ja einfach nur gehustet. Wenn ich deshalb plötzlich ausgerastet wäre, hätten mich mit Sicherheit alle für verrückt erklärt. Trotzdem war ich so geladen, dass ich fast explodiert wäre.

„Macht nichts!“, rief mir Leo zu. „Der Nächste sitzt!“

Und ob der sitzen würde! Wenn ich diesen miesen Falschhuster schon nicht öffentlich zur Rechenschaft ziehen konnte, so würde ich ihm doch zumindest den Triumph eines unverdienten Sieges vermasseln! Meine letzte Kugel würde alle zehn Pins samt seinem süffisanten Grinsen in den Orbit schießen, das schwor ich mir!

Wild entschlossen und mit jeder Menge Wut im Bauch holte ich Schwung. Die Kugel mitsamt meinem Arm schnellte nach hinten, als ich plötzlich feststellen musste, dass meine Finger dieser Wucht nicht gewachsen waren. Ich konnte deutlich spüren, wie meine Finger aus den Löchern glitten und der Kontakt zur Kugel abriss. Noch im selben Moment drehte ich meinen Kopf nach hinten und sah die Kugel durch die Luft segeln. Sie flog direkt auf Leos Vater zu, dessen Augen vor Schreck auf doppelte Größe anschwollen. Er wollte nach rechts ausweichen, aber da war es schon zu spät – die schätzungsweise fünf Kilo schwere Kugel schlug genau dort ein, wo es bei Männern am meisten wehtut. Leos Vater klappte zusammen wie ein Schweizer Taschenmesser und schnappte röchelnd nach Luft. Ich hatte das Atmen komplett vergessen. Leo starrte mich fassungslos an und kniete sich dann neben ihren Vater.

„Ist es sehr schlimm, Paps?“, fragte sie besorgt. „Ist was kaputt? Soll ich einen Krankenwagen rufen?“

Ihr Vater schüttelte energisch den Kopf. „Nein“, presste er mit schmerzverzerrtem Gesicht zwischen zwei Atemzügen hervor. „Geht ... gleich ... vorbei.“

„Können wir dir irgendwie helfen?“, fragte Leo und wandte sich dann an Joe. „Was macht man denn, wenn so was passiert? Ich meine, ich kenne mich da nicht so aus. Ich weiß nur, dass das scheißwehtun muss.“

„Sei froh ... dass du ... ein Mädchen ... geworden bist“, stöhnte ihr Vater und versuchte dabei zu lachen, was ihm aber nur noch mehr Schmerzen bereitete.

„Armer Paps“, sagte Leo und streichelte ihrem Vater tröstend über den Kopf.

Dann richtete sie ihren Blick auf mich – und es war kein allzu freundlicher.

„Was sollte das denn?“, fragte sie mich vorwurfsvoll.

„Aber das war doch keine Absicht“, sagte ich. „Die Kugel ist mir einfach aus der Hand gerutscht.“

„Ja“, brummte Leo. „Weil du ausgeholt hast wie ein Irrer. Ich hab’s genau gesehen.“

„Daran ist nur der da schuld!“, platzte es aus mir heraus und ich zeigte auf Joe Cool. „Der hat mich den ganzen Abend abgelenkt! Und zwar mit voller Absicht! Er hat die ganze Zeit so komisch gehustet, um mich rauszubringen!“

„Aha“, erwiderte Leo mit skeptischer Miene. „Weil

Joe gehustet hat, wirfst du meinem Vater also eine Bowlingkugel in die …"

„Kronjuwelen", stöhnte ihr Vater, der mittlerweile flach auf dem Rücken lag und ebenso flach atmete.

„Man wird ja wohl noch mal husten dürfen", meldete sich Joe Cool zu Wort und mimte wieder das Unschuldslamm.

Das brachte mich vollends aus der Fassung. Dieser Halunke besaß tatsächlich die Frechheit, seine Schandtaten zu leugnen!

„Ach komm, jetzt tu doch nicht so scheinheilig!", fuhr ich ihn an. „Das war kein normales Husten und das weißt du genau! Eine ganz linke Tour war das! Wenn du nicht auf normale Art und Weise gewinnen kannst, dann verpiss dich gefälligst wieder nach Hamburg! Meckerst doch sowieso nur an Frankfurt herum! Aber ist ja kein Wunder, dass es dir hier nicht gefällt! Hier wird nämlich fair gespielt!"

Auch wenn es mehr als gutgetan hatte, meinem Ärger endlich einmal Luft zu machen, spürte ich gleich darauf, dass das vielleicht keine so tolle Idee gewesen war.

Leo sah mich völlig entgeistert an. „Charlie, das war doch nur ein blödes Bowlingspiel", sagte sie. „Es ist völlig scheißegal, wer gewinnt. Wir sind doch nur hier, um ein bisschen Spaß zu haben. Das muss man doch nicht gleich alles so verbissen sehen. So kenn ich dich ja gar nicht."

Oh, oh, das klang überhaupt nicht gut. Ich wusste nicht, was ich sagen sollte. Sie hatte ja Recht. Und normalerweise war ich auch nicht so, dass ich immer unbedingt gewinnen musste, im Gegenteil, ich konnte sogar sehr gut und mit großem Anstand verlieren – nur gegen Joe Cool offensichtlich nicht. Und das hatte nun auch noch dazu geführt, dass Leo stinkig auf mich war. Mich maßlos über mich selbst ärgernd stand ich sprachlos da und trat bedröppelt von einem Bein aufs andere.

„Du könntest dich übrigens wenigstens mal entschuldigen", sagte Leo mit vorwurfsvollem Unterton.

Oh, Mist! Hatte ich das etwa noch nicht getan? Was war bloß los mit mir? Gab es eigentlich noch irgendein Fettnäpfchen, das ich unbetreten gelassen hatte?

„Es tut mir wirklich so leid, Herr König", sagte ich mit um Verzeihung bettelndem Blick.

„Schon in Ordnung, Charlie", erwiderte er gequält. „Kann ja mal passieren, ich werd's überleben."

„Immerhin hast du für unseren Sieg gesorgt", sagte Joe Cool und klopfte ihm auf die Schulter. „Das nenne ich wahre Aufopferung fürs Team."

Unglaublich, dieser Typ, oder? Ich meine, völlig davon abgesehen, dass es in so einer Situation nun echt nicht mehr wichtig war, wer gewonnen hatte, *hatte* er ja noch nicht mal gewonnen! Denn wenn man es ganz genau nahm, hatte meine Kugel die Bahn nie berührt und mein zweiter Wurf somit nie stattgefunden. Aber ich verkniff mir den durchaus berechtigten Hinweis auf diese nüchterne Tatsache, um es mir mit Leo nicht noch weiter zu verscherzen. Trotzdem stieg mein Blutdruck in Anbetracht dieses wirklich oberdreisten Sieg-Erschleichers wieder merklich an.

„Keine Ursache“, sagte Leos Vater zu ihm. „Fürs Team gebe ich immer gern alles. Nur heute nicht mehr. Ihr könnt aber ruhig noch eine Runde spielen. Lasst mich einfach nur hier sitzen und in aller Ruhe genießen, wie der Schmerz nachlässt.“

Aber irgendwie hatte niemand mehr so richtig Lust auf eine weitere Runde. Die Luft war raus. Wir tranken alle – hauptsächlich schweigend – unsere Getränke aus, und als wir eine halbe Stunde später draußen auf dem Parkplatz standen, um uns zu verabschieden, war die Stimmung immer noch gedrückt.

„Vielen Dank für die Einladung, Herr König“, sagte ich und gab Leos Vater die Hand. „Und es tut mir wirklich sehr, sehr leid. Ich verspreche Ihnen, das passiert mir bestimmt nie wieder.“

„Wird es auch nicht“, erwiderte er und zwinkerte mir zu. „Denn ich werde nie wieder hinter dir stehen, wenn du eine Bowlingkugel in der Hand hast. Mach’s gut, Charlie. Kommt gut nach Hause.“

Auch wenn er immer noch nett zu mir und anscheinend nicht nachtragend war – vergessen würde er diesen Abend und meine Attacke auf seine Fortpflanzungsorgane so schnell sicher nicht. Genauso wenig wie Leo: Unser Abschied fiel ihrerseits sehr zu meiner Beunruhigung ziemlich unterkühlt aus.

„Tschüss, Charlie", sagte sie und gab mir einen sehr kurzen Kuss, ohne mir dabei wie sonst in die Augen zu sehen.

„Tschüss", erwiderte ich mit besorgtem Blick. „Du bist sauer, oder?"

„Nein", sagte sie, sah mich aber immer noch nicht richtig an.

„Wirklich nicht?", hakte ich nach. „Kannst es ruhig sagen."

„Nein, wirklich nicht", sagte sie. „War nur irgendwie ein seltsamer Abend."

„Ich weiß", seufzte ich. „Tut mir echt leid."

„Nicht so schlimm", sagte sie und sah mir endlich ins Gesicht. „Ich ruf dich morgen an, okay?"

„Okay", sagte ich und gab ihr noch einen Kuss. „Bis morgen dann."

Als ich sie im Auto ihres Vaters davonfahren sah, machte sich ein mulmiges Gefühl in meinem Magen breit, das bis jetzt nicht nachgelassen hat. Sie war *doch* sauer, das spürte ich. Oder von mir enttäuscht, was noch viel schlimmer wäre. Gegen *sauer* kann man ankämpfen, *sauer* ist normalerweise nur eine Momentaufnahme, aber Enttäuschung setzt sich fest und hält länger an. Leo kannte und mochte den bescheuert verbissenen Charlie nicht, den ich ihr heute Abend gezeigt hatte. Ich auch nicht. Aber was hilft das schon? Sie hat ihn gesehen und wird ihn wahrscheinlich so schnell nicht vergessen. Sie wird sich fragen, ob sie mit solch einem Vollidioten überhaupt zusammen sein will, und zu dem Ergebnis kommen, dass er es nicht wert ist, von ihr geliebt zu werden, und mit ihm Schluss machen.

Ganz bestimmt nicht, Charlie Brown. Morgen ist alles wieder gut, Charlie Brown.

Ja, hoffentlich. Seufz.

MONTAG

BEREITS AM NÄCHSTEN TAG TRAFEN DIE BEIDEN ERZFEINDE ERNEUT AUFEINANDER. PRINZESSIN LEO HIELT ES FÜR EINE GUTE IDEE, EINEN GEMEINSAMEN AUSFLUG ZUM HAUPTSITZ DES UNGEZWUNGENEN ORDENS DER FFKK ZU UNTERNEHMEN.

ALLE MITGLIEDER SOWIE DIE BESUCHER DIESES SEHR STRENGEN ORDENS VERPFLICHTETEN SICH DAZU, BEIM BETRETEN DER HEILIGEN HALLE NUR DAS ALLERNÖTIGSTE AM LEIB ZU TRAGEN, UM SICH DANN WIEDERHOLT SPIRITUELLEN GANZKÖRPER-WASCHUNGEN ZU UNTERZIEHEN – ALLERDINGS OHNE SEIFE, DIE IN ORDENSKREISEN ALS TEUFELSWERK GALT.

WÄHREND DER FARBLOSE RITTER SEINER PRINZESSIN ZULIEBE UM EIN HARMONISCHES MITEINANDER BEMÜHT WAR, ZEIGTE SICH PRINZ JONATHAN HINGEGEN ERNEUT VON SEINER GARSTIGEN SEITE. DER FARBLOSE RITTER ERTRUG ALLE ATTACKEN JEDOCH MIT UNVORSTELLBAR GROSSEM LANGMUT.

UMSO ERQUICKENDER WAREN DIE FAMOSEN UMSTÄNDE, DIE PRINZ JONATHAN IM ZUGE SEINES ÜBERBORDENDEN GELTUNGSDRANGES LETZTENDLICH DOCH NOCH SEINER GERECHTEN UND ÄUSSERST SCHMERZHAFTEN STRAFE ZUFÜHRTEN.

LEIDER WAR PRINZESSIN LEO ALLES ANDERE ALS ERFREUT ÜBER DIESEN HEMMUNGSLOSEN AUSBRUCH AUFRICHTIGER SCHADENFREUDE – IN IHREN AUGEN EINE HÖCHST SCHÄNDLICHE STRAFTAT, DIE LAUT PRINZESSINNEN-BUSSGELDKATALOG MIT SOFORTIGEM LIEBESENTZUG SOWIE EINER VIERTÄGIGEN ZWANGSQUARANTÄNE ZU AHNDEN WAR.

Jawohl, so ist es! Leo hat mich für die nächsten vier Tage aus ihrem Leben verbannt! Dabei habe ich überhaupt nichts gemacht! Nur ein ganz kleines bisschen gelacht, mehr nicht. Ist das jetzt etwa ein Verbrechen? Oh Mann, das ist so ungerecht! Wahrscheinlich war diese ganze Aktion sogar pure Absicht! Jawohl! Das traue ich ihm absolut zu! Diesem aalglatten, miesen ...

Reiß dich zusammen, Charlie Brown. Was ist denn eigentlich passiert, Charlie Brown?

Was passiert ist? Das hab ich doch schon gesagt! Ich darf Leo vier Tage lang nicht sehen! *Das* ist passiert!

Und warum, Charlie Brown? Wie ist es dazu gekommen, Charlie Brown?

Na, das ist ja wohl ganz klar, wie es dazu gekommen ist: Ich kann Leo nun mal einfach keinen Wunsch abschlagen! Sonst wäre ich nämlich heute zu Hause geblieben und nichts wäre passiert.

Wobei ich erst mal sehr erleichtert war, als Leo mich heute Morgen gegen zehn angerufen hat.

„Hi, Charlie", sagte sie. „Na, schon ausgeschlafen?"

Nicht wirklich, denn ich hatte so gut wie gar nicht schlafen können, weil meine Gedanken ständig um die Frage rotierten, ob nach dem Aufwachen wirklich alles wieder gut sein würde. Leos unbeschwerter Tonfall machte mir Hoffnung.

„Ja", antwortete ich. „Bin schon seit über einer Stunde wach, obwohl ich noch bis drei Uhr nachts gezeichnet habe."

„Oh“, sagte Leo erstaunt, „du zeichnest wieder? Was denn? Komm ich auch drin vor? Ich will es sehen! Schick’s mir als Mail! Am besten jetzt gleich!“

„Sorry“, sagte ich und lachte. „Wenn überhaupt, dann kriegst du es erst zu sehen, wenn es fertig ist.“

„Was soll das heißen, *wenn überhaupt?*“, fragte sie entrüstet. „Ich bin deine Freundin! Ich habe ein Recht darauf, es zu sehen! Vor allem, wenn ich darin vorkomme! Los, zeig’s mir! Sofort!“

„Wer hat denn gesagt, dass du darin vorkommst?“, neckte ich sie.

„Wie jetzt? Ich komme nicht darin vor?! Das kann ja gar nicht sein! Ich *muss* darin vorkommen! Ich bestehe darauf, darin vorzukommen! Kein Comic ohne Prinzessin Leo!“

„Ach, und was ist mit dem Farblosen Ritter?“, wollte ich wissen. „Eigentlich ist *er* doch die Hauptfigur.“

„Was? Quatsch, das hast du völlig falsch verstanden“, erwiderte sie. „Die Hauptfigur ist ganz eindeutig die unvergleichlich schöne, einzigartig kluge und somit unwiderstehliche Prinzessin Leo – die großartigste und begehrenswerteste Comicfigur aller Zeiten, der Strich gewordene Traum eines jeden Zeichners, das buchstäbliche Vorbild einer gesamten Generation, die größte zweidimensionale Ikone des zweiten Jahrtau…“

„Okay, okay“, unterbrach ich sie lachend. „Wenn man es so betrachtet, hast du natürlich Recht. Sie *ist* sensationell – und zwar nicht nur als Comicfigur.“

„Schön, dass du das einsiehst", sagte Leo und ihre Stimme wurde ein bisschen sanfter. „Du bist lieb, danke."

„Nichts zu danken", sagte ich. „Aber den Comic kriegst du trotzdem erst zu sehen, wenn er fertig ist. Vielleicht."

„Och, menno", motzte sie. „Ich will ihn aber *jetzt* sehen."

Auch wenn mich ihre enthusiastische Neugier beruhigte, musste ich doch sichergehen, dass die Bowlingkugel keine bleibenden Spuren bei ihr hinterlassen hatte.

„Ähm … wie geht's denn eigentlich deinem Vater?", fragte ich deswegen zaghaft. „Alles wieder okay?"

„Ja, alles in Ordnung", antwortete Leo. „Seine Stimme ist zwar noch eine Oktave höher als vorher, aber sonst scheint er es überstanden zu haben."

„Und du bist mir wirklich nicht mehr böse wegen gestern?", fragte ich leise.

„Nein, bin ich nicht", antwortete sie. „War ich auch eigentlich nicht."

„Enttäuscht?", hakte ich nach.

„Nur, wenn du mir den Comic nicht zeigst."

„Natürlich zeige ich ihn dir", sagte ich. „Aber erst, wenn er fertig ist."

„Und wann wird das sein?", wollte sie wissen.

Sobald dieser Störenfried Joe Cool im Zug nach Hamburg sitzt und die Geschichte mit einer großen Freudenfeier à la Asterix endet – aber das sagte ich natürlich nicht.

„Schätzungsweise dieses Wochenende“, stellte ich ihr stattdessen in Aussicht.

„Sonntag, allerspätestens“, brummte sie bestimmt. „Wenn ich ihn dann nicht zu lesen kriege, lasse ich eine Bowlingkugel aus fünf Metern Höhe auf deine Zeichenhand fallen.“

Jetzt wusste ich, dass tatsächlich wieder alles in Ordnung war. Derartig böse Bemerkungen ließ sie nur los, wenn sie wirklich gute Laune hatte.

„Okay, okay“, erwiderte ich. „Sonntag. Am Sonntag zeige ich ihn dir. Versprochen!“

„So ist's gut“, sagte sie, und ich konnte ihr zufriedenes Grinsen dabei förmlich hören. „Braver Charlie.“

Gott, wie ich sie in diesem Moment vermisste! Ich meine, auch wenn wir uns nicht richtig gestritten hatten, war das für mich wie eine unsagbar erleichternde Versöhnung. Aber was nützt einem die schönste Versöhnung, wenn man die Versöhnte dabei nicht fest in die Arme schließen und an sich drücken und küssen kann?

„Sehen wir uns denn heute?“, fragte ich deshalb mit einer gehörigen Portion Sehnsucht in der Stimme.

„Kommt ganz drauf an“, antwortete sie. „Kannst du schwimmen?“

Sie wollte wissen, ob ich schwimmen konnte? Wer konnte denn bitte schön *nicht* schwimmen? Und was hatte meine Schwimmfähigkeit damit zu tun, ob wir uns sehen würden? Hatte ich vielleicht etwas verpasst?

Stand etwa die ganze Stadt unter Wasser und Leos Haus war nur noch auf dem Seeweg zu erreichen?

„Äh … wie bitte?“, fragte ich irritiert.

„Joe und ich haben spontan beschlossen, nach dem Mittagessen ins Schwimmbad zu gehen“, klärte sie mich auf.

Und plötzlich war er wieder da – Joe Cool.

Im Zuge der Versöhnung hatte ich ihn doch tatsächlich komplett vergessen und nicht einen Gedanken an ihn verschwendet, aber nun stand er wieder mitten im Raum – und das auch noch in Badehose.

„In Hamburg waren wir einmal die Woche schwimmen“, fuhr Leo fort. „Joe ist im Verein. Er hat mal fast die Hamburg-Meisterschaft in seiner Altersklasse gewonnen.“

Ach, nur *fast*? Was war da bloß schiefgelaufen? Hatte er etwa vergessen, seine Kontrahenten anzuhusten?

„Ihr wollt *schwimmen* gehen?“, fragte ich skeptisch. „Wir haben Mitte Oktober, die Schwimmbäder sind doch längst zu und außerdem regnet es.“

„Schon mal was von Hallenbädern gehört?“, erwiderte Leo vergnügt. „Das sind diese rechteckigen Dinger mit den Dächern drüber, damit es nicht reinregnet. Und stell dir mal vor, die haben sogar eine Heizung und deswegen das ganze Jahr über auf!“

Okay, das hatte ich verdient.

„Und wo gibt es hier in Frankfurt ein Hallenbad?“, fragte ich, weil mir tatsächlich keines einfiel.

„In Bergen-Enkheim“, antwortete Leo. „Da war ich schon mal mit Paps, ist echt okay. Also wie sieht's aus, Lust mitzukommen?“

Nein, eigentlich nicht, hätte ich wahrheitsgemäß sagen sollen. Ich bin kein besonders großer Fan von Schwimmbädern, egal ob mit oder ohne Dach. Schwimmbäder sind irgendwie ... Ich weiß nicht, da fühle ich mich immer so auf dem Präsentierteller. Ich meine, da läuft man schließlich die ganze Zeit fast nackt durch die Gegend und jeder glotzt einen an.

Du bist ganz schön verklemmt, Charlie Brown.

Nein, bin ich nicht! Ich besitze im Gegensatz zu den meisten anderen Leuten lediglich ein natürliches und absolut gesundes Schamgefühl. Ich meine, wart ihr mal im Hochsommer in einem öffentlichen Freibad? Da kriegt man nun wirklich all das zu sehen, was man nie im Leben sehen wollte und wofür Kleidung eigentlich erfunden wurde. Schwabbelige Männerbrüste zum Beispiel. Sonnengegerbte, alte Frauenhaut in Tangas. Nachlässig verwaltete Körperbehaarung, die sonst nur Urologen zu sehen bekommen. Ungepflegte, verwarzte Füße. Die Liste ist endlos und ich wollte auf keinen Fall persönlich etwas dazu beitragen. Vielleicht fühlte sich ja jemand von meiner total unansehnlichen Hühnerbrust belästigt. Oder von meinen viel zu kurzen und käseweißen Storchenbeinen. Konnte doch sein.

„Ich weiß nicht“, sagte ich zögerlich. „Eigentlich wollte ich heute Nachmittag weiterzeichnen.“

„Ach, das kannst du doch heute Abend noch machen", erwiderte Leo und legte ihren Bettelton auf. „Los, komm doch mit! Das wird bestimmt lustig. Und sonst sehen wir uns heute überhaupt nicht."

Ein durchaus schlagendes Argument, aber noch war meine Abneigung gegen Schwimmbäder stärker.

„Ich weiß gar nicht, ob ich überhaupt noch eine Badehose habe", wand ich mich.

„Dann frag eben deinen Vater", hielt Leo dagegen. „Der hat doch bestimmt irgendwo noch eine, die er dir leihen kann."

Das bezweifelte ich stark, denn mein Vater hatte bereits seit fünf Jahren Hausverbot im Schwimmbad, zumindest im Eschersheimer Freibad, weil nicht alle Badegäste von seinem Spontan-Freejazz-Saxofon-Konzert auf der Liegewiese begeistert waren.

„Ach, komm schon", quengelte Leo weiter. „Bitte, bitte. Ich würd mich echt sehr freuen, wenn du mitkommst."

In diesem Moment hätte eigentlich ein lautes Knacken ertönen müssen, denn spätestens der letzte Satz hatte meinem Widerstand das Genick gebrochen. Wie sollte man denn bei solch einer geballten Ladung weiblicher Überzeugungskraft standhaft bleiben?

„Na gut", sagte ich seufzend. „Dann komm ich eben mit."

„Sehr schön", freute sich Leo. „Dann treffen wir uns um halb zwei an der Konstabler und nehmen von da die U-Bahn, okay? Du kannst ja auch noch das Mar-Ingo fragen, vielleicht haben die auch Lust."

„Marie im Schwimmbad?", sagte ich skeptisch. „Das glaubst du doch selbst nicht. Mir fallen auf Anhieb mindestens zehn Phobien ein, die verhindern könnten, dass sie sich einem Schwimmbad auch nur auf Sichtweite nähert."

„Das stimmt natürlich", sagte Leo. „Aber frag sie trotzdem, sonst fühlt sie sich vielleicht irgendwie ausgeschlossen oder so."

„Okay, mach ich. Bis nachher dann."

„Ja, bis dann, ich freu mich!"

Auch wenn ich grundsätzlich nichts lieber tat, als Leo eine Freude zu bereiten, so hielt sich *meine* Freude bereits kurz nach dem Auflegen wieder in engen Grenzen. Ins Schwimmbad. In Badehose. Mit Leo. Und Joe. Hühnerbrust. Storchenbeine. Seufz. Da half dann wohl nur eine Taktik: möglichst viel Zeit im Wasser verbringen, am besten tauchend.

Ich rief sofort Ingo an und war äußerst überrascht, dass ich Marie im Hintergrund begeistert zusagen hörte, als ich fragte, ob die beiden mit ins Schwimmbad kommen wollten. Keine einzige Phobie? Keine Angst vor Wasser? Oder vor Löchern in der Umkleidekabine? Vor Kacheln? Handtüchern? Kleinen Kindern mit Schwimmflügeln? Es war fast schon beschämend – offenbar hatte ausgerechnet Marie weniger Panik vor einem Schwimmbadbesuch als ich.

Pünktlich um halb zwei waren wir alle fünf an der U-Bahn-Station versammelt.

„Der Charlie", begrüßte mich Joe Cool und zeigte auf die zugegebenermaßen unnötig große Sporttasche, in die ich meine Badesachen gepackt hatte. „Was ist da drin? Bowlingkugeln?"

Haha, wirklich ein Bombenwitz. Und so ging das die gesamte Fahrt zum Schwimmbad weiter, ein blöder Spruch nach dem anderen. Aber ich ließ mich kein einziges Mal von ihm zu einer entsprechenden Antwort provozieren. Ich hatte aus der Bowling-Affäre gelernt. So etwas würde mir nicht noch einmal passieren. Stattdessen strafte ich Joe Cool mit unerschütterlicher Nichtachtung. Ich reagierte auf jede seiner albernen Attacken mit stoischem Schweigen – was ihn allerdings nicht davon abhielt, trotzdem weiterzumachen. Unglaublich, oder? Joe Cool würde wahrscheinlich sogar einer Eiche stundenlang blöde Sprüche an die Rinde werfen, ohne zu merken, dass das dem Baum komplett am Ast vorbeigeht.

Im Schwimmbad angekommen, machte sich bei mir sofort Unbehagen breit. Es fing schon in der Umkleidekabine an, als ich meine Badehose anzog. Das Ding war uralt, ich hatte sie aus der hintersten Ecke meiner untersten Schublade kramen müssen. Ich versuchte mich daran zu erinnern, welche Farbe sie ursprünglich einmal gehabt hatte. Jetzt war sie jedenfalls pipigelb und viel zu lang. Sie hing fast über meine Knie. Das musste wohl vor schätzungsweise hundert Jahren, als ich sie zum letzten Mal getragen hatte, gerade *in* gewesen sein. Damit sollte ich mich in die badende Öffentlichkeit wagen? Nie im Leben! Ich beschloss, in der Umkleidekabine zu bleiben, bis die anderen mit Planschen fertig waren.

„Kommst du, Alder?“, hörte ich Ingo ungeduldig hinter der Kabinentür rufen. „Was machst du denn so krass lang da drin? Du brauchst ja länger als meine Omma mit ihrem Hüftschaden!“

„Wahrscheinlich hat er vergessen, sich die Achselhaare zu entfernen“, gesellte sich Joes frotzelnde Stimme von der anderen Seite der Kabine hinzu. „Brauchst du eine Heckenschere, Charlie? In deiner Tasche ist bestimmt irgendwo eine versteckt. Guck mal unter der Mikrowelle!“

Ja, haha, selten so gelacht. Dieser blöde … Moment mal, was hatte er gerade gesagt? Da steckte doch hoffentlich kein Fünkchen Ernst in seiner dämlichen Bemerkung? Achselhaare entfernen? War das etwa ein modisch hygienisches Muss in Schwimmbadkreisen? Ich meine, bei Mädchen war das ja normal, die rasierten sich die Achseln und die Beine und was weiß ich noch alles. Aber Jungs? Verdammt, das hatte mir ja gerade noch gefehlt! Als ob ich noch nicht genug Komplexe gehabt hätte!

„Jaja, ich komm gleich!“, rief ich zurück und warf einen panischen Blick unter meine Arme.

Haare. Überall Haare. Eine Million Haare. Okay, so viele waren es nun auch wieder nicht, aber genug, um mir einen Schweißausbruch auf die Stirn zu treiben. Was, wenn ich der Einzige im ganzen Schwimmbad war, der den Nacktachsel-Trend verpennt hatte? Dann war das Gelächter mit Sicherheit groß, wenn ich die Umkleidekabine mit diesem Rollrasen unter den Armen verließ.

Für dieses Dilemma gab es nur eine mögliche Lösung: Die Haare mussten weg – und in Ermangelung eines Rasierers oder wenigstens einer Schere blieb mir wohl nichts anderes übrig, als sie mir eigenhändig auszureißen.

Ich griff mit meiner rechten Hand nach einem kleinen Büschel unter meiner linken Achsel und zog leicht daran. Oha, das würde scheißwehtun! Aber es half ja nichts, da musste ich durch, die Dinger mussten weg. Ich entschied trotzdem, es zur Eingewöhnung erst einmal mit einem einzigen Haar zu versuchen und entschloss mich zu einem kurzen, kräftigen Ruck.

„Au! Scheiße!“, entfuhr mir ein Schmerzensschrei.

„Alles okay, Alder?“, hörte ich Ingos Stimme von links.

„Ist dir die Mikrowelle auf den Fuß gefallen?“, frotzelte Joe Cool von rechts.

„Alles in Ordnung, Ingo!“, rief ich. „Hab mich nur gestoßen. Musikantenknochen.“

„Machst du da drin Turnübungen oder was?“, fragte

Ingo. „Jetzt komm doch endlich mal da raus, die Mädels warten bestimmt schon."

„Ja, Moment noch, bin gleich fertig!", rief ich genervt.

„Ich geh schon mal vor", verkündete Joe Cool, was mir nur recht war.

Das weitere Ausreißen aller Haare war definitiv keine Option, das würde ich nicht überleben. Es führte kein Weg daran vorbei: Ich musste voll behaart da raus, also packte ich seufzend meine Klamotten in die Tasche und trat mit eng angelegten Armen aus der Kabine. Vielleicht kam ich ja in dieser leicht verkrampften Körperhaltung unverspottet durch den Nachmittag.

„Mann, endlich Alder", sagte Ingo. „Ich dachte schon, du willst da drin übernachten. Krass geile Badehose übrigens, echt old school."

Dass meine Badehose bei Ingo gut ankam, beunruhigte mich eher, als dass es mich lockerer werden ließ. Ingo hat bekanntlich einen furchtbaren Geschmack, wenn es um Klamotten geht.

Wir liefen langsam zum Halleneingang und meine Nervosität stieg mit jedem Schritt. Gleich war es so weit. Jeder würde meine Hühnerbrust, meine Storchenbeine und den tropischen Regenwald unter meinen Achseln sehen. Alle Mädchen würden sich angewidert von mir abwenden und die Jungs in schallendes Gelächter ausbrechen.

Die Arme immer noch eng an den Körper gepresst,

betrat ich einmal tief schluckend hinter Ingo die Schwimmhalle. Meinem Plan, mich sofort mit Anlauf ins Wasser zu stürzen und den Rest des Tages dort zu verbringen, sah ich eine Gruppe von vier etwa gleichaltrigen Mädchen gegenüberstehen, die mir den Weg ins rettende Nass versperrten. Seltsam, keines der Mädchen verzog bei meinem Anblick angeekelt das Gesicht oder übergab sich spontan in das Überlaufgitter am Beckenrand. Wahrscheinlich handelte es sich bei ihnen um die wöchentliche Jugendschwimmgruppe des örtlichen Blindenvereins.

„Charlie!“, hörte ich Leos Stimme. „Hier sind wir!“

Mein Blick wanderte nach rechts, wo ich Leo und Joe einige Meter von uns entfernt am Beckenrand stehen sah.

Meine Güte, dieser Typ sah aus wie eines dieser männlichen Models, die in Parfüm-Werbeclips in Zeitlupe aus dem Meer gestapft kommen und bei weiblichen Zuschauern sehnsuchtsvolle Seufzer hervorrufen. Breites Schwimmerkreuz, deutlich definiertes Sixpack, durchtrainierte, aber nicht zu muskulöse Arme, die Oberschenkel kräftig wie Baumstämme – es grenzte an ein Wunder, dass noch keines der Mädchen im Schwimmbecken vor Verzückung abgesoffen war. Und dann noch diese äußerst knapp sitzende, superstylishe Badehose, die mehr verriet, als sie verdeckte! Nie im

Leben hätte ich mich getraut, so ein Ding anzuziehen, bei meiner Figur hätte das absolut lächerlich ausgesehen. Wobei: Ich brauchte keine moderne Badehose, um mich lächerlich zu machen, da tat es meine alte vollkommen, wie sich sogleich herausstellen sollte.

„Schicke Badehose“, bemerkte Joe Adonis Cool und zeigte auf mein ausgeblichenes Beinkleid. „Hat dir die dein Opa aus dem letzten Krieg mitgebracht?“

Auch wenn er, wie ich neidvoll anerkennen musste, verboten perfekt aussah – ein Arschloch war Joe immer noch.

„Also ich finde sie cool“, sagte Leo. „Hat so was Außergewöhnliches, passt zu dir.“

Danke, Leo – es war schön zu hören, wie sie ihrem ach so tollen Joe Cool zu meinen Gunsten widersprach. Wobei ich doch kurz zweifelte, ob *außergewöhnlich* wirklich ein Kompliment war. Eigentlich war es immer mein Ziel gewesen, ganz gewöhnlich zu sein. Als ganz gewöhnlicher Junge fällt man nicht auf. Man wird nicht geärgert, verarscht oder gemobbt. Man hat seine Ruhe und führt ein ganz gewöhnliches Dasein – für mich ein durchaus erstrebenswertes Lebenskonzept.

„Hey, Leo, wo ist denn Marie?“, fragte Ingo. „Wart ihr nicht zusammen in der Umkleide?“

„Doch“, antwortete Leo. „Aber sie hat gesagt, ich soll nicht auf sie warten.“

„Da kommt sie doch schon“, sagte Joe und zeigte auf die Tür zur Mädchenumkleide. „Oder?“

Das *oder* war durchaus berechtigt, denn die Gestalt, die da fröhlich grinsend auf uns zukam, war auf den ersten Blick tatsächlich nicht einwandfrei als Marie zu erkennen. Jetzt wusste ich, weshalb Marie keine Angst vor einem Schwimmbadbesuch gehabt hatte – sie war bestens darauf vorbereitet.

Maries Erscheinung erinnerte an einen Außerirdischen, der vorhatte, an der intergalaktischen Olympiade der Langstreckenschwimmer teilzunehmen. Sie trug eine tief in die Stirn gezogene, giftgrüne Badekappe, die ihren Schädel bis knapp unter den Haaransatz hermetisch abriegelte. Ihre Augenpartie umspannte eine eng anliegende, schwarz umrandete Schwimmbrille, darunter thronte eine gelbe Nasenklammer auf ihren Nasenflügeln. Um ihren Hals baumelte eine Nylonschnur mit einem transparenten Plastikbeutel, dessen Inhalt ich auf den ersten Blick nicht erkennen konnte. Anstelle eines Bikinis oder eines normalen Badeanzuges trug sie einen dieser Neoprenanzüge, die eigentlich für Taucher gedacht sind, nur mit kurzen Ärmeln und Hosenbeinen. Die Krönung dieses äußerst schrägen Anblicks bildeten allerdings ihre Füße, die in komplett weißen, blitzblanken Gummistiefeln steckten.

„Gummistiefel?“, fragte Joe Cool skeptisch. „Ist das nicht eher hinderlich beim Schwimmen?“

Ingo warf ihm einen vernichtenden Blick zu.

„Die ziehe ich … beim Schwimmen … natürlich aus“, antwortete Marie und vermied es, Joe dabei anzusehen. „Die sind nur gegen … Tinea pedis … Der lauert hier nämlich … überall.“

„Echt? Wo?“, knurrte Ingo mit grimmiger Miene und ließ seine rechte Faust demonstrativ in die linke Handfläche klatschen. „Ist das so ein krass perverser Fußfetischist? Na, der kann was erleben, wenn ich ihn erwische.“

„Nicht nötig, Mausebärchen.“ Marie lachte auf. „Tinea pedis ist der Fachbegriff für Fußpilz. Der lässt sich nicht mit Fäusten bekämpfen. Trotzdem sehr lieb von dir, dass du mich beschützen willst, Mausebärchen.“

„Das ist doch selbstverständlich, Engelchen", flötete Ingo zuckersüß. „Ich würde dich sogar vor einer ganzen Armee von Fußpilzen beschützen, die sollen nur kommen."

„Also ich zieh jetzt erst mal ein paar Bahnen zum Warmwerden", sagte Joe Cool. „Irgendjemand Lust auf ein Wettschwimmen?"

Er sah mich herausfordernd an.

„Ja, genau", sagte ich und tippte mir mit dem Zeigefinger an die Stirn. „Ich weiß, dass du im Schwimmverein bist."

„Ach komm schon, Charlie", setzte er nach. „Ich lass dir auch eine halbe Bahn Vorsprung."

Auch wenn es mich natürlich sehr reizte, diesem Angeber in einem sportlichen Wettkampf seine vorlaute Klappe zu stopfen: Für wie blöd hielt der mich eigentlich? Wenn er mir eine halbe Bahn Vorsprung anbot, war er sich trotzdem noch vollkommen sicher, dass er mich um Längen schlagen würde. Außerdem hatte ich mir ja fest vorgenommen, mich nicht mehr von ihm reizen zu lassen, also ging ich nicht weiter auf seine Herausforderung ein.

Er zuckte nur kurz mit den Schultern und begann mit ein paar albernen Dehnübungen. Als er seine Arme in die Luft streckte und sich abwechselnd nach links und rechts beugte, sah ich es. Dieser tausendfach verfluchte Mistkerl! Er hatte mich verarscht! Und zwar gründlich! Von wegen Achselhaare entfernen! Wenn unter meinen Armen ein zarter Rollrasen spross, dann wohnten in seinen Achselhöhlen unübersehbar die Rapunzelzwillinge! Ganz ehrlich und kein bisschen übertrieben: Um das, was da unter seinen Armen wucherte, zu entfernen, hätte es schon eine Sense gebraucht. Oder eine Brandrodung mit einem Flammenwerfer. Aber *mir* ein schlechtes Gewissen einreden! Dieser miese, hinterhältige Achselzottelbartträger! Da hatte ja der Weihnachtsmann weniger Haare im Gesicht als dieser Lump unter einem Arm!

Vor Wut innerlich kochend überlegte ich kurz, ob ich seine Herausforderung zum Wettschwimmen nicht doch annehmen sollte. Wenn die Löwenmähne unter seinen Armen erst einmal nass war, musste ihn das Gewicht eigentlich unweigerlich auf den Beckenboden ziehen. Und selbst wenn er zwei Längen Vorsprung gehabt hätte, hätte ich ihn immer noch unauffällig an seinen meterlangen Achselzöpfen unter Wasser zurückziehen können.

Du übertreibst schon wieder maßlos, Charlie Brown. Bleib auf dem Teppich, Charlie Brown.

Ich sollte auf dem Teppich bleiben? Auf welchem Teppich denn? Auf dem, den man aus Joe Cools Achselhaaren weben und mit dem man ein komplettes Fußballfeld bedecken konnte?

Es reicht, Charlie Brown. Genug der Achselhaare, Charlie Brown.

Ja, ist gut, ich hör ja schon auf.

Wenigstens konnte ich nach dieser haarigen Entdeckung endlich wieder eine entspannte Körperhaltung einnehmen.

Während Joe Cool sich heldengleich vom Beckenrand in die Fluten stürzte, lief der Rest von uns gemütlich auf die Treppe zu, die an der gegenüberliegenden Längsseite ins Wasser führte.

Wir hatten die Treppe fast erreicht, als eine Stimme hinter uns ertönte. „He! Momend ema!“, brüllte jemand in tiefstem Hessisch. „Soford stehe geblibbe! So gehd’s ja ned!“

Leo und ich drehten uns um und sahen einen Bademeister mit erhobenem Zeigefinger im Stechschritt in unsere Richtung laufen.

„Ja, eusch mein isch!“, rief er uns zu. „Kaan Schridd weider! Isch glaab, es rabbelt im Kaddong!“

Wir sahen uns alle mit einem großen Fragezeichen auf der Stirn an. Was wollte dieser Mann? War meine Badehose etwa so alt und hässlich, dass es verboten war, damit schwimmen zu gehen?

Er blieb direkt vor uns stehen und zeigte auf Maries Füße. „Ausziehe, aber zaggisch!“, befahl er. „Mit Gummistiffel ins Schwimmbad! Isch glaab, mein Schwein pfeift! Des is verboode!“

„Nein, ist es nicht“, erwiderte Marie und öffnete den Plastikbeutel, der um ihren Hals hing. „Ich darf das.“ Sie zog zwei zusammengefaltete Blätter Papier aus dem Beutel und streckte sie dem Bademeister entgegen. „Hier“, sagte sie. „Das eine ist eine Bescheinigung meiner Psychologin, die mir unter anderem Mikrobiophobie, Mycophobie und Verminophobie attestiert. Und das andere ist ein Rezept über ein Paar sterile Veterinär-Gummistiefel, ausgestellt und verbindlich empfohlen von Prof. Dr. med. Roland Kaufmann, dem Direktor der Universitätsklinik für Dermatologie hier in Frankfurt. Ich versichere Ihnen, dass diese Gummistiefel nie außerhalb dieser Badeanstalt getragen wurden und sofort nach Ende meines Besuchs in einer luftdichten Verpackung ordnungsgemäß und den internationalen Hygienemaßstäben für Klinikpersonal entsprechend entsorgt werden.“

Dem Bademeister wurde von der immensen Flut an Informationen offensichtlich etwas schwindlig, denn er musste sich mit einer Hand am Treppengeländer abstützen, während er verwirrt auf die Dokumente in seiner anderen Hand starrte.

„Äh … ja … also … isch …“, stammelte er völlig überfordert. „Des is abber ned ansteckend, des ganze Mikro-Zeusch da, odder?“

„Nein, das ist nicht ansteckend“, sagte Marie. „Da brauchen Sie keine Angst zu haben.“

„Was? Angst? Isch?“, erwiderte der Bademeister. „Nee, mach der kaan Kopp, Mädsche, isch hab vor gar nix Angst. Außer vor Sonnebrand, aber desdeweesche arbeid isch ja aach im Hallebad.“ Er lachte kurz über seinen eigenen Witz und wir aus reiner Höflichkeit mit ihm. „Guud, Mädsche“, sagte er schließlich. „Dann hadd ja alles sei Oddnung. Isch wünsch eusch noch viel Spass. Un guude Besserung.“

„Ja, vielen Dank“, sagte Marie.

Als der Bademeister sich ein paar Meter entfernt hatte und uns nicht mehr beachtete, zwinkerte sie uns zu. „Na also“, sagte sie und grinste schelmisch. „Funktioniert doch immer wieder.“

„Wie jetzt?“, fragte Leo verwundert. „Das stimmt alles gar nicht?“

„Doch“, antwortete Marie. „Aber da steht kein Wort davon, dass ich diese Gummistiefel im Schwimmbad tragen muss.“

Sie setzte sich auf die oberste Stufe der Treppe und zog ihre Gummistiefel aus, wobei sie genau darauf achtete, dass ihre Füße den Boden außerhalb des Beckens nicht berührten. Dann schob sie sich langsam Stufe für Stufe auf dem Hintern nach unten, bis schließlich ihr Kopf untertauchte. Und von diesem Moment an war sie wie verwandelt. Während sie an Land in ihrer gesamten Körpersprache immer etwas linkisch und unsicher wirkte, bewegte sie sich im Wasser so grazil und selbstbewusst, als wäre sie Neptuns Tochter höchstpersönlich. Sie schwamm und kraulte und tauchte, als hätte sie ihr Leben lang nichts anderes gemacht, und schien sich dabei so wohlzufühlen wie der buchstäbliche Fisch im Wasser. Ingo, Leo und ich wirkten dagegen plump wie Treibholz.

Der beste Schwimmer war ich sowieso nie gewesen, dafür fehlte mir einfach der Ehrgeiz und außerdem fand ich es tödlich langweilig, eine Bahn nach der anderen vor mich hin zu schwimmen. Stattdessen alberte ich lieber mit Ingo und Leo am Beckenrand herum, was auch sehr viel Spaß machte – bis mir plötzlich jemand unter Wasser die Badehose bis unter die Knie zog und mich damit fast zu Tode erschreckte. Natürlich wusste ich eigentlich, dass ich in einem Hallenbad in Frankfurt und somit die Gefahr heimtückisch angreifender Meeresbewohner gleich null war, aber bevor mein Gehirn diese Information abrufen konnte, war mein Köper bereits reflexartig in Panik ausgebrochen. Ich meine, das wäre ja wohl jedem so gegangen, der sich vom Hals abwärts im Wasser befand, nicht sah, was unter ihm passierte, und plötzlich von irgendetwas an den Beinen berührt wurde, oder? Okay, vielleicht hätte nicht jeder gleich wie ein kleines Mädchen laut um Hilfe geschrien, wie ich es tat, aber wie gesagt: Das war ein rein natürlicher Abwehrreflex und von mir nicht steuerbar.

„Aaaah! Hilfe! Hilfe!“, brüllte ich, bevor ich wild mit den Beinen strampelnd unterging.

Da es mir schon als Kind unmöglich gewesen war, unter Wasser die Augen zu öffnen, weil ich Angst hatte, sie könnten nass und dadurch irgendwie beschädigt werden, taumelte ich im Blindflug orientierungslos in die Tiefe und versuchte dabei, meine Badehose wieder in ihre ursprüngliche Position zurückzuziehen. Ohne Badehose wollte ich auf gar keinen Fall auftauchen, lieber wäre ich abgesoffen. Als ich es endlich geschafft hatte, ruderte ich kräftig mit den Armen in die Richtung, die sich wie oben anfühlte, und erreichte schließlich heftig nach Luft japsend die Oberfläche, wo mich bereits das hämische Lachen meines Unterwasserangreifers erwartete.

„Hat der eben wirklich um Hilfe gerufen?!", grölte Joe Cool. „Wie geil ist *das* denn?!"

Überhaupt kein bisschen geil – fand ich zumindest, während Ingo zwar nicht lachte, aber doch immerhin amüsiert grinste. Haha, sehr witzig, vielen Dank auch, bester Freund.

Ich dachte darüber nach, zu wie vielen Jahren Knast man mich verurteilen würde, wenn ich diesen Badehosengrapscher sofort auf der Stelle ersäufen würde. Meinem Rechtsempfinden nach musste mich jeder auch nur halbwegs vernünftige Richter dafür freisprechen oder aufgrund der glasklaren Notwehrsituation zu allerhöchstens einer Woche auf Bewährung verurteilen.

Mein Mandant hat der gesamten Menschheit einen unermesslich großen Dienst erwiesen!, würde mein Anwalt in seinem Schlussplädoyer mit ernster Miene verkünden. *Mahatma Gandhi, der Dalai Lama und selbst Mutter Teresa hätten nicht anders gehandelt! Dieser Mann ist kein Mörder, er ist ein Held! Und wie alle Helden gehört er für seine Taten nicht verurteilt, sondern mit Ruhm und Dankbarkeit überhäuft und auf Händen aus diesem Saal getragen! Ich bin mir sicher, Euer Ehren, tief in Ihrem Herzen ist die Entscheidung längst gefallen, und es ist eine Entscheidung der Vernunft und des gesunden Menschenverstandes. Also folgen Sie Ihrem Herzen und sprechen Sie diesen selbstlosen Kämpfer für eine Welt ohne lästige und nervtötende Hamburger Großkotze frei!*

Nein, keine Sorge – ein Charlie Brown wird niemals zum Helden, nicht einmal annähernd. Ein Charlie Brown schafft es nämlich noch nicht einmal, sich selbst für solch eine alberne Aktion zu rächen, sondern muss tatenlos dabei zusehen, wie seine Freundin das für ihn übernimmt.

„So?", sagte Leo und schoss vom Beckenrand auf Joe Cool zu. „Du findest es also lustig, wenn jemand um Hilfe ruft? Na, dann haben wir hier aber gleich alle ganz viel zu lachen!" Sie stürzte sich auf ihn und tunkte seinen Kopf unter Wasser. „Was ist?", rief sie. „Ich höre ja gar nichts!"

„Na warte!", erwiderte Joe Cool, als er wieder auftauchte. „Wir werden ja gleich sehen, wer unter Wasser lauter schreien kann!"

Zwischen den beiden entwickelte sich ein spaßhafter Ringkampf, in dessen Folge sie sich mit abwechselndem Erfolg tunkten und in alle möglichen Körperpartien zwickten. Das mit anzusehen, hinterließ bei mir die unterschiedlichsten Gefühle. Einerseits war ich froh, andererseits peinlich berührt und mit zunehmender Dauer hauptsächlich stinksauer. Froh war ich, weil Leo sich für mich gegen ihren besten Freund einsetzte. Peinlich berührt war ich aus quasi demselben Grund – wer lässt schon gern seine Freundin für sich kämpfen? Das ließ mich nicht unbedingt männlich aussehen. Und wirklich stinksauer war ich, weil dort vor meinen Augen zu viele Hände zu viele Stellen berührten, an denen sie gefälligst nichts zu suchen hatten – ihre nackte Haut zum Beispiel. Das machte mich beinahe wahnsinnig.

Konnten die beiden nicht ohne Körperkontakt gegeneinander kämpfen? Was war aus der guten alten Kunst des Telepathie-Tunkens geworden? Und dann hatten sie auch noch einen Riesenspaß dabei! Leo jauchzte und quiekte unentwegt, was Joe nur noch mehr anstachelte. Seine Finger waren überall – kitzelnd, zwickend, grapschend. Ein wirklich widerlicher Anblick. Erlöst wurde ich erst davon, als es Leo durch ein flinkes Manöver gelang, Joe in den Schwitzkasten zu nehmen und mehrmals nacheinander zu tunken. Der Einzige, der dabei tatsächlich ins Schwitzen kam, war allerdings ich. Joes Kopf befand sich in dieser Situation ganz eindeutig viel zu nah an Leos rechter Brust.

„Gibst du auf?“, fragte sie ihn fies grinsend, als sie ihn zum dritten Mal auftauchen ließ.

„Niemals!“, rief Joe und verschwand abermals unter Wasser.

„Du musst nur um Hilfe rufen, dann hör ich auf!“, sagte Leo, als er wieder nach oben kam.

„Okay, okay!“, japste er und verstellte seine Stimme: „Hilfe, Hilfe! Ich bin ein Charlie, holt mich hier raus!“

Und schon war ich wieder dran. Er konnte es einfach nicht lassen, dieser miese Drecksack.

„So hat er sich überhaupt nicht angehört“, sagte Leo lachend.

„Doch, hat er“, erwiderte Joe. „Wie ein Mädchen! Dein Freund ist in Wirklichkeit ein Mädchen.“

„Ist er nicht“, erwiderte Leo bestimmt.

Okay, das reichte jetzt endgültig! Lass ihn bitte absaufen, Leo, dachte ich. Du musst dir auch keine Sorgen machen, ich habe einen guten Anwalt.

Für einen viel zu kurzen Moment dachte ich, sie würde mir tatsächlich diesen klitzekleinen Gefallen tun, denn sie drückte seinen Kopf erneut unter Wasser, ließ ihn dann aber endgültig los.

Während Joe sich sichtlich erschöpft an den Beckenrand neben Ingo treiben ließ, schwamm Leo mit zwei kräftigen Zügen auf mich zu und schob mich mit dem Rücken an die Beckenwand. Ehe ich wusste, wie mir geschah, küsste sie mich – und zwar so, wie sie es sonst nur tat, wenn wir allein und ganz sicher unbeobachtet waren.

„Wahnsinn“, hörte ich Joe Cool neben mir sagen. „Hey, Ingo, macht es dich auch immer so an, wenn zwei Mädchen sich küssen?“

Ich spürte, wie Leos rechte Hand sich von meinem Hals löste, und öffnete kurz die Augen. Sie zeigte Joe Cool den Finger. Währenddessen schob sich ihr linker Oberschenkel zwischen meine Beine und von dort aus langsam nach oben. Es dauerte eine Weile, bis sich in meinem Kopf nicht mehr alles drehte – wahrscheinlich akuter Blutmangel im Gehirn. Wohin sich das fehlende Blut verzogen hatte, war unter Wasser zum Glück nicht zu sehen, aber allzu deutlich zu spüren. Mir blieb nichts anderes übrig, als ruhig atmend und mir eine nackte Cindy aus Marzahn vorstellend abzuwarten, bis sich mein Bluthaushalt wieder von selbst reguliert hatte.

Etwa zehn Minuten später war ich endlich in der Verfassung, das Becken zu verlassen.

Ingo schlug eine Wasserpause vor, also machten er und ich es uns hinter dem Sprungbereich an der großen Glaswand gemütlich, während die anderen noch ein paar Bahnen schwammen.

„Schwimmbad war echt 'ne krass geile Idee, Alder", sagte Ingo, während er sich die Haare trocken rubbelte. „Müssen wir öfter machen."

„Nichts dagegen", sagte ich. „Aber erst, wenn dieser Scheißtyp wieder weg ist."

„Joe?", fragte Ingo. „Ach komm, der ist echt okay. Ist doch nur Spaß, was er so ablässt."

„Ja", knurrte ich. „Auf meine Kosten."

„Jetzt mach dich mal locker, Alder."

„Ach ja?", erwiderte ich gereizt. „Würdest du das

auch noch sagen, wenn er sich mit Marie da im Wasser gewälzt und an ihr rumgegrapscht hätte?"

„Alder", sagte Ingo, lehnte sich überlegen lächelnd zurück und verschränkte die Arme hinter dem Kopf. „Weißt du, was das Praktischste an einer Freundin ist, die vor allem und jedem panische Angst hat? Um Konkurrenz muss ich mir keine Sorgen machen. Und je besser ein Typ aussieht, desto heftiger ist ihre Reaktion, was bedeutet, dass mir kein Joe Cool der Welt ans Bein pissen kann, womit sich deine Frage wohl erledigt hat, oder?"

„Na ja, kommt ganz drauf an."

„Worauf?"

„Darauf, wie du *damit* umgehen wirst", antwortete ich und zeigte auf den rechten Rand des Schwimmbeckens.

Marie trieb flach auf dem Bauch liegend auf dem Wasser, Joe Cool schwamm direkt neben ihr. Wo sich seine linke Hand befand, war nicht zu erkennen, aber mit der rechten strich er Marie immer wieder über den Rücken und kam ihrem Hintern dabei bedrohlich nahe. Ingo blieb vor Fassungslosigkeit der Mund offen stehen. Als er sich wie in Trance erhob, ertönte gerade ein deutliches und unverkennbares Marie-Kichern. Ich stand auf und ging mit Ingo zum Beckenrand. Das konnte ich mir nicht entgehen lassen!

„Nicht, das kitzelt!", gluckste Marie vergnügt.

„Da muss noch mehr Spannung rein", sagte Joe

Cool. „Genau da, wo meine Hand jetzt ist. Spürst du das?“

Natürlich hätte es mich brennend interessiert, ob Marie da etwas spürte und was genau das war, aber sie kam nicht mehr dazu, die Frage zu beantworten, denn in diesem Moment war es um Ingos Selbstbeherrschung geschehen.

„Hey Joe!“, brüllte er nach unten. „Etwa schon vergessen?! Die Sicherheitszone! SICHERHEITSZONE! Nimm sofort deine Hände da weg und beweg dich mindestens drei Meter rückwärts! Und zwar schnell!“

Joe blickte verwirrt zu ihm nach oben. „Was denn?“, wollte er verwundert wissen. „Ich zeig ihr doch nur, wie …“

„Deine Hände!“, schrie Ingo ihn an. „Ich will deine Hände sehen! Alle beide! Sofort!“

„Was ist denn hier los?“, fragte mich Leo, die plötzlich neben mir stand.

„So wie es aussieht, ist Joe in Maries Sicherheitszone eingedrungen und das gefällt Ingo überhaupt nicht.“

Joe Cool rührte sich nicht von der Stelle – offenbar hatte er den Ernst der Lage noch nicht ganz erfasst.

„Hände hoch!“, schrie Ingo ihn wieder an. „Du sollst sofort die Hände hochnehmen, sonst …“

„Nein, Mausebärchen!“, unterbrach ihn Marie. „Ist schon okay. Alles in Ordnung. Joe zeigt mir nur, wie ich meinen Schwimmstil verbessern kann!“

„Genau“, bestätigte Joe. „Ich habe ihre Sicherheitszone geknackt. Das ist doch etwas Gutes, oder?“

Ingo schnaubte wie ein aufgebrachtes Rhinozeros.

„Bist du etwa eifersüchtig, Mausebärchen?“, fragte Marie. „Das ist ja süß! So kenne ich dich gar nicht!“

„Ich bin kein bisschen eifersüchtig, Engelchen“, knurrte Ingo.

„Och, mein Mausebärchen“, sagte Marie enttäuscht. „Nicht mal ein ganz kleines bisschen?“

„Na gut“, brummte Ingo, wobei seine Stimme schon weicher wurde. „Ein ganz kleines bisschen bin ich vielleicht doch eifersüchtig.“

„Oh, das ist sooo süß von dir, Mausebärchen“, flötete Marie entzückt. „Komm her zu mir, ich hab dich schon viel zu lange nicht geküsst.“

Sie schwamm zum Beckenrand und reckte den Hals. Ingo legte sich flach auf den Bauch und robbte ein Stück nach vorn, bis ihre Köpfe sich berührten. Die beiden küssten sich wild und innig.

Ich musste gar nicht hingucken, um zu wissen, wo sich Leos Zeigefinger in diesem Moment befand.

„Du hast also nichts dagegen, wenn Joe mir noch ein bisschen was über die richtige Körperhaltung beim Kraulen zeigt?“, fragte Marie, nachdem die Zungenakrobatik beendet war.

„Nein, nein, natürlich habe ich nichts dagegen“, sagte Ingo, wobei der vernichtende Blick, den er in Joe Cools Richtung warf, eindeutig das Gegenteil ausdrückte. „Macht ihr mal ruhig weiter. Aber wenn irgendwas ist, dann rufst du mich, okay?"

„Okay, Mausebärchen", sagte Marie fröhlich und schwamm zurück zu Joe Cool.

Ingo sah ihr noch einen Moment hinterher, stand auf und schlurfte mit finsterer Miene vor sich hin murmelnd zurück zur Glaswand.

„Oh, Mann", stöhnte Leo neben mir. „Wenn ich noch ein paarmal das Wort *Mausebärchen* höre, wird das irreparable Schäden in meiner Psyche hinterlassen. Ich muss mal. Bin gleich wieder da."

Sie ging und ich setzte mich neben Ingo. Er saß mit über der Brust verschränkten Armen da und ließ Marie und Joe nicht eine Millisekunde aus den Augen.

„Also eins steht fest", knurrte er irgendwann leise. „Der Typ muss weg. Was bildet sich dieser Kerl überhaupt ein? Glaubt wohl, der kann sich alles erlauben, nur weil er aus Hamburg kommt und ein bisschen so aussieht wie dieser schwule Vampir aus *Twilight*."

„Da spielt ein schwuler Vampir mit? Ich wusste gar nicht, dass es schwule Vampire gibt."

„Was? Nein", erwiderte Ingo. „Der Hauptdarsteller. Ich meinte den Hauptdarsteller."

„Ich dachte, der hat was mit der Hauptdarstellerin?"

„Ach, was weiß ich", sagte Ingo. „Ist doch auch fuckegal. Jedenfalls sieht Joe Cool so aus."

„Schwul?"

„Ja … Nein … Ach Mensch, du weißt schon, was ich meine!“

„Wer sieht schwul aus?“, fragte Leo, die plötzlich wie aus dem Nichts wieder aufgetaucht war und sich neben mich setzte.

„Der Typ aus *Twilight*“, sagte Ingo.

„Ach so, *der*“, stöhnte Leo. „Der sieht doch nicht schwul aus, der sieht einfach nur stinklangweilig aus. Passend zu den Scheißfilmen. Widerlicher Liebeskitsch, nur eben mit langweiligen Vampiren und dämlichen Werwölfen.“

„Liebeskitsch?“, fragte Ingo. „Ey, damit kannst du mich echt jagen, das geht ja mal überhaupt nicht.“

Ein kurzer Blick zwischen Leo und mir genügte und wir fingen lauthals an zu lachen.

„Was denn?“, fragte Ingo. „Stimmt doch.“

„Absolut“, sagte Leo und schmiegte sich an mich. „Nicht wahr, *Mausebärchen?*“

„Aber selbstverständlich, *Engelchen*“, stimmte ich mit ein. „Nichts ist schlimmer als Liebeskitsch.“

Mit Leo an meiner Seite und dem Duft ihrer Haare in der Nase hätte ich noch stundenlang so dasitzen können, aber dann sah ich Joe Cool und Marie aus dem Becken steigen. Na super, gleich musste ich Leo wieder mit diesem Störenfried teilen. Mist.

Während Marie noch damit beschäftigt war, ihre Gummistiefel anzuziehen, steuerte Joe Cool bereits zielstrebig auf uns zu. Dann blieb er aber plötzlich stehen, drehte sich um und lief in die entgegengesetzte Richtung. Meine zugegebenermaßen äußerst utopische Hoffnung, er würde direkt auf den Ausgang zusteuern und nicht mehr aufhören zu laufen, bis er seine Heimatstadt erreicht hatte, erfüllte sich sehr zu meinem Bedauern nicht.

Stattdessen ging er auf den Bademeister zu, sprach kurz mit ihm und stand wenig später freudig grinsend vor uns.

„Hey, Männer", wandte er sich aufgeregt an Ingo und mich, „ich konnte den Bademeister davon überzeugen, den Dreier aufzumachen. Ihr seid doch dabei, oder?"

Na klasse, das hatte mir ja gerade noch gefehlt! Mein alter Erzfeind, das Dreimeterbrett. Wie oft hatte mich dieser Turm der Schande schon blamiert? Okay, so oft nun auch wieder nicht, da ich es bereits seit längerer Zeit vermied, mich von einem dieser Monstren der Sprungakrobatik zu stürzen. Wobei das nicht an den drei Metern Höhe lag, die machten mir kaum etwas aus. Klar, ein bisschen mulmig war mir schon immer, wenn ich da oben stand, deswegen traute ich mir auch nur die langweiligste und unspektakulärste Sprungfigur auf dem Weg nach unten zu: den nullfachen, steif gestreckten Füße-voran-Eintauchsalto. Und als ob das nicht schon peinlich genug wäre, muss ich mir dabei
 auch noch die Nase zuhalten wie ein kleines Mädchen. Es geht einfach nicht anders, das ist so ein fieses Ge-

fühl, wenn mir das Wasser in die Nase schießt, das tut richtig weh. Von daher war ich nicht gerade begeistert, als Joe Cool uns dazu aufforderte, ihn auf den Sprungturm zu begleiten. Außerdem würde das Ganze ja sowieso wieder nur in eine Art Wettkampf ausarten, bei dem ich keine Chance hatte. Eine Ausrede musste her, und zwar eine möglichst coole. *Sorry, aber unter zehn Metern betrete ich erst gar keinen Turm.* Oder: *Tut mir leid, aber mein Trainer besteht darauf, dass ich meinen aus dem Handstand gesprungenen fünffachen Auerbach mit achtfacher Schraube und einer auf dem Kopf balancierten Kaffeetasse erst bei der nächsten Olympiade der Weltöffentlichkeit präsentiere.* Oder vielleicht: *Das wäre nicht fair, ich kann schließlich fliegen.*

Allesamt perfekte Begründungen, um nicht von diesem Turm hüpfen zu müssen – wäre ich Superman gewesen.

Mist, wie kam ich da bloß raus, ohne als Weichei bezeichnet zu werden? Überhaupt nicht, wie sich sogleich herausstellen sollte.

„Klar sind wir dabei, Alder!“, antwortete Ingo kampfeslustig für uns beide. „Schnall dich besser an, jetzt zeigen wir dir mal, wo in Frankfurt der Hammer hängt!“

Nein, ich wusste auch nicht, was er mit diesem Spruch eigentlich aussagen wollte, und schon gar nicht, wo in Frankfurt welcher Hammer auch immer hing und was es bringen sollte, ihn Joe Cool zu zeigen. Und wieso musste Ingo ausgerechnet mich da mit hineinziehen? Mit mir war in Sachen Turmspringen garantiert kein Hammer zu gewinnen. Aber als Einziger einen Rückzieher zu machen, das konnte ich nun auch nicht mehr bringen, also schlurfte ich seufzend mit Ingo und Joe Cool auf den Turm der Schande zu.

„Guud, ihr Bube“, sagte der Bademeister zu uns. „Abber nur zehn Minuude. Un kaa Faxe, verstanne? Nur nach vonne springe, ned nach links odder rechts. Un immer genuch Abstand halde, is des klar?“

„Jawohl, Meister“, sagte Ingo und erklomm als Erster die Stufen.

Ich überließ Joe Cool nur allzu gern den Vortritt und kletterte als Letzter nach oben.

„Alles klar, Jungs“, sagte Ingo, als wir alle oben waren. „Wer die höchste Arschbombe schafft, okay?“

Na also, ich hatte es doch geahnt. Das Ganze würde in einen Wettbewerb ausarten – da half es auch nur wenig, dass Joe Cool ausnahmsweise einmal nicht derjenige gewesen war, der ihn ausgerufen hatte. Und dann auch noch Arschbomben! Die konnten vom Einer aus schon äußerst schmerzhaft ausfallen, deswegen hatte ich vom Dreier noch nie eine gewagt. Ob meine alte, poröse Badehose solch einen Aufprall überhaupt aushalten würde, ohne sich in ihre Einzelteile aufzulösen? Ich sah mich bereits unaufhaltsam einer ausgewachsenen GPS (größtmögliche Peinlichkeitsstufe) entgegenspringen.

Ingo schob uns zur Seite, nahm vom hinteren Rand des Turms Anlauf und stürzte sich mit einem weiten Sprung nach unten. Kurz bevor er auf dem Wasser aufschlug, zog er seine Knie bis an die Brust und umklammerte sie mit beiden Armen. Die daraus resultierenden, in alle Richtungen schießenden Wasserfontänen spritzten bis über den Beckenrand – eine durchaus als gelungen zu bezeichnende Arschbombe, wie auch Marie fand.

„Super, Mausebärchen!“, rief sie begeistert aus spritzsicherer Entfernung hinter dem Sprungturm und hüpfte in ihren Gummistiefeln auf und ab.

Der Bademeister zeigte sich jedoch weniger erfreut. „He!“, rief er Ingo zu. „Isch hab doch gesacht, kaa Faxe! Aaaschbombe verboode! Sonsd is hier gleisch Schluss mit lusdisch, kapiert?!“

Uff! Tausend Dank, Herr Bademeister! Zumindest die Arschbombe blieb mir schon mal erspart.

Für Ingo bestand diesbezüglich allerdings noch Diskussionsbedarf. „Wie jetzt, keine Arschbomben?“, rief er dem Bademeister zu, während er sich über den Beckenrand zog. „Ist doch nur Wasser, das tut doch keinem weh.“

„Des stört abber die Leut, die hier in Ruh schwimme wolle!“, rief der Bademeister zurück. „Un desdeweesche is es verboode!“

„Ach, bitte“, erwiderte Ingo quengelnd. „Ist doch kaum jemand im Wasser. Wir sind auch vorsichtig.“

„Isch kann eusch aach ma ganz vorsischtisch rausschmeisse, wenn eusch des besser gefällt!“, bekam er als Antwort und gab sich, leise vor sich hin fluchend, geschlagen.

„Das war’s dann wohl mit Arschbomben“, sagte Joe Cool zu mir. „Und jetzt?“

„Scheißegal“, antwortete ich. „Spring einfach so, wie du willst. Muss doch nicht immer gleich alles ein Wettbewerb sein, oder?“

„Komisch“, erwiderte Joe Cool. „Wieso sagen das eigentlich immer genau diejenigen, die nie gewinnen?“

Ich suchte nach einer passenden Antwort, doch meine Schlagfertigkeit funktionierte in drei Metern Höhe offenbar nicht, also strafte ich ihn wieder einmal mit Ignoranz – aber er ließ nicht locker.

„Hrmloserhrm!“, hustete er noch schnell, aber deutlich in seine Hand, bevor er über den Rand des Turms nach unten verschwand – natürlich mit einem astreinen, absolut sauber gesprungenen Köpper.

Viel Zeit, mich über ihn zu ärgern, blieb mir nicht, denn nun war ich an der Reihe. Und ich verspürte nicht die geringste Lust, mich zu blamieren und mir noch einen blöden Huster anhören zu müssen. Von daher kam meine übliche Sprungtechnik definitiv nicht infrage. Ich musste etwas wagen und mindestens mit Joe Cool gleichziehen.

Mit immer weicher werdenden Knien trat ich an den Rand des Sprungturms. Ein Köpper also. Vom

Dreimeterbrett. Ohne Nase zuhalten. Und ohne zu sterben. Scheiße.

Hinter mir kletterte Ingo schon wieder die Treppen hoch. Ich spürte deutlich, wie sich seine Ungeduld in meinen Rücken bohrte.

„Charlie?", hörte ich seine Stimme hinter mir. „Bist du eingeschlafen?"

„Nein, nein", antwortete ich. „Bin gleich so weit."

Also gut, dann mal los. Mein erster und vielleicht letzter Köpper vom Dreier. Augen zu und durch. Oder lieber doch erst noch Augen auf, sonst landete ich womöglich auf dem Bademeister, der am Beckenrand stand.

Ich atmete tief ein, hielt die Luft an und führte meine Arme kerzengerade nach oben gestreckt über dem Kopf zusammen. Dann ging ich leicht in die Knie, beugte mich nach vorn und sprang ab.

Der Flug dauerte nicht einmal so lang, wie mein Herz brauchte, um einen Schlag auszusetzen. Ich schoss mit den Armen voran in einer leichten Schräglage ins Wasser, das sofort und mit enormer Wucht meine Nasenflügel flutete. Verflucht, das war aber auch immer wieder ein äußerst unangenehmes Gefühl! Aber egal, ich hatte es überlebt. Und so schlimm war es gar nicht gewesen, im Gegenteil. Der Adrenalinausstoß löste sogar eine gewisse Euphorie in mir aus.

In etwa drei Metern Tiefe hatte der Wasserwiderstand meinen Körper komplett abgebremst und ich schwamm zurück an die Oberfläche, um dort die lautstarken Beifallsstürme für meine wagemutige Heldentat entgegenzunehmen. Glücklich und stolz strahlend tauchte ich aus den Fluten auf, musste aber leider feststellen, dass manchen Heldentaten die Anerkennung verweigert bleibt, denn ich hörte nicht einen einzigen Klatscher. Stattdessen sah ich Ingo direkt auf mich zufliegen. Er schlug höchstens zwei Meter neben mir ins Wasser und mein Herz setzte einen weiteren Schlag aus.

„Ey, spinnst du?!“, schrie ich los, obwohl er noch gar nicht wieder aufgetaucht war. „Du wärst fast auf mich draufgesprungen! Das ist scheißgefährlich! Da kann doch sonst was …“

In diesem Moment tauchte Ingos Kopf direkt vor mir auf, gefolgt von seiner rechten Hand, die etwas festhielt, was mir verdächtig bekannt vorkam.

„Kann es sein, dass du was verloren hast, Alder?“, fragte Ingo mich leise, aber über das ganze Gesicht grinsend.

Ach du Scheiße! Das war meine Badehose! Ich hatte beim Sprung meine Badehose verloren, ohne es zu merken! Gott, wie peinlich!

„Ich hab's gleich gesehen und bin dir schnell hinterhergesprungen“, sagte Ingo. „Ich glaub, es hat keiner mitgekriegt.“

Ich riss Ingo die Hose hektisch aus der Hand, tunkte sie blitzschnell unter Wasser und sah mich panisch um. Leo und Marie unterhielten sich gerade und Joe Cools

Blick war auf die Treppe des Sprungturms gerichtet. Uff, das war knapp! Das wäre für Joe Cool mit Sicherheit ein Riesenfest auf meine Kosten gewesen. Doch schon gab es das nächste Problem. Hat schon einmal jemand versucht, sich mitten im Wasser treibend eine Badehose anzuziehen? Das größte Hindernis dabei sind die Füße und die Tatsache, dass man stillhalten muss, um sie durch die dafür vorgesehenen Löcher zu bugsieren. Und was passiert automatisch, wenn man im Wasser Füße und Arme stillhält? Richtig, man geht unter wie ein Stein. Zu allem Überfluss besaß meine Badehose noch eine dieser innen eingenähten, dünnen Zusatzhosen, deren Beinlöcher um einiges kleiner und noch schwerer zu treffen sind – vor allem, wenn man sie unter Wasser nicht sehen kann. Nach zwei erfolglosen Versuchen hatte ich zwar einen Knoten in den Beinen, aber immer noch keine Badehose an.

„Fuck!“, fluchte ich leise. „Ich krieg das Scheißding nicht wieder an.“

„Versuch's mal am Rand“, schlug Ingo kichernd vor. „Da kannst du dich festhalten.“

Wir schwammen an den Beckenrand und ich versuchte es noch einmal – mit Erfolg.

„Puh!“, seufzte ich erleichtert auf und zog die Bändel an meiner Hose so fest zu, wie es ging. „Danke, Ingo. Hast was gut bei mir.“

„Kein Problem“, sagte Ingo. „Genau dafür sind Freunde doch da.“

„Hey, Jungs!", tönte Joe Cools Stimme vom Turm zu uns herüber. „Veranstaltet ihr da ein Kaffeekränzchen oder was? Passt lieber mal gut auf, denn jetzt zeige ich euch Frankfurter Amateuren mal, wie man in Hamburg vom Dreier springt!"

„Scheißangeber", knurrte Ingo.

Joe Cool stand jetzt so dicht am Rand des Turms, dass seine Zehen darüber hinausragten. Nachdem er noch ein paar alberne Streckübungen vollführt hatte, blies er dreimal hintereinander die Wangen auf und klatschte sich selbst anfeuernd in die Hände.

„Was soll das werden?", fragte Ingo spöttisch. „Wasserballett für Trockenschwimmer?"

Dann hob Joe Cool ab. Er sprang ein gutes Stück nach oben, bevor er auf dem kurzen Weg nach unten einen kompletten und perfekten Salto vorwärts vollführte. So weit, so gut. Hätte er nicht versucht, noch einen halben dranzuhängen, wäre ihm das, was folgte, mit großer Wahrscheinlichkeit erspart geblieben. Geplant war wohl, dass er am Ende seines Kunststückchens mit dem Kopf voran ins Wasser eintauchte. Definitiv *nicht* geplant war, dass sein Schwung für die letzte Drehung nicht ausreichte und die horizontale Wand aus Wasser seiner Showeinlage ein abruptes Ende bescherte.

Als sein Bauch mit voller Wucht flach auf die Wasseroberfläche traf, erklang das mit Sicherheit lauteste Klatschgeräusch, das ich jemals gehört hatte. Wenn

Buckelwale klatschen könnten und dies in einem geschlossenen Raum tun würden, hätte es sich genau *so* angehört. Aber nicht nur das war erstaunlich. Das absolut Erstaunlichste an diesem Schauspiel war die Tatsache, dass Joe Cool im ersten Moment nicht unterging. Für gefühlte ein bis zwei Sekunden lag er einfach flach da, als wäre er Jesus, der bei seinem Gang übers Wasser mal eben kurz ein kleines Nickerchen eingelegt hatte. Ich meine, der Typ war gerade aus drei Metern Höhe in ein Schwimmbecken gesprungen und ging nicht unter. Das machte ihm so schnell sicher niemand nach. Den Schmerzensschrei, den er kurz darauf losließ, allerdings auch nicht.

„Aaaaaaaaaaaaaah!“, schrie er markerschütternd, während sein Körper, angefangen mit den Füßen, schließlich doch noch ins Wasser sank.

An dieser Stelle möchte ich zu meiner Verteidigung festhalten, dass *ich* nicht zuerst angefangen habe zu lachen. Das war ganz eindeutig Ingo. Womit ich nicht sagen will, dass er allein schuld an unserem hysterischen Lachanfall war. Keineswegs. Ich hatte mein Lachen nicht für den Bruchteil einer Sekunde versucht zu unterdrücken und ich hatte es mir hart verdient! Den ganzen Tag über hatte ich Leo zuliebe alles geschluckt, was dieser überhebliche Mistkerl von sich gegeben hatte. Nun war er höchstpersönlich in dieses übervolle Fass meines angestauten Ärgers geplumpst und hatte es zum Überlaufen gebracht. Und ja, ich gebe es zu, es war ein absolutes Fest, über sein Missgeschick zu lachen. Aber noch einmal fürs Protokoll: Ich habe nicht damit angefangen!

Während Joe Cool also jammernd und mit schmerzverzerrtem Gesicht zum Beckenrand schwamm, feierten Ingo und ich immer noch lauthals. Hätten wir uns in der Mitte des Beckens befunden, ich schwöre, wir wären abgesoffen – spätestens, als Leo dem Goldmedaillengewinner in der Disziplin Bauchklatscher aus dem Wasser half und wir zum ersten Mal seinen Bauch sahen, der uns in allen Variationen von Rot entgegenblinkte.

„Wenn ... wenn ...“, japste Ingo, „wenn da jetzt ... die Sonne drauf scheint ... haben wir ein ... ein Rotlicht-Hallenbad!“

„Genau!“, brüllte ich. „Und wenn ... und wenn du ihn jetzt ... auf die Straße stellst ... bleiben alle Autos stehen ... weil sie ... weil sie glauben ... er wäre eine Ampel!“

Ingos Hand rutschte vom Beckenrand ab und er ging kurz unter – sein Gelächter war trotzdem noch zu hören.

Durch die Tränen in meinen Augen sah ich verschwommen, wie Leo sich mit zutiefst besorgtem Gesicht über den mittlerweile flach auf dem Rücken liegenden Joe Cool beugte und irgendetwas zu ihm sagte.
 Joe Cool schüttelte den Kopf.

„Nein“, sagte Ingo und äffte ihn mit verstellter

Stimme nach. „Nicht den Krankenwagen. Ruft die Feuerwehr und sagt, es ist ein Flächenbrand."

Leo hob den Kopf und schaute zu uns herüber. Ihre Miene verfinsterte sich, ihr Blick schaltete in den *Töten*-Modus um.

Sie sagte noch etwas zu Joe und erhob sich dann. Als ich sah, wie sie energisch auf uns zustapfte, wusste ich bereits, dass sie nicht kam, um uns beim hysterischen Lachen Gesellschaft zu leisten. Und ich wusste auch sofort, dass es wahrscheinlich besser war, damit aufzuhören. Aber wie heißt es so treffend: erst mal können vor Lachen!

Leo blieb direkt über uns stehen und stemmte sichtlich sauer die Hände in die Hüften. „Ihr findet das also lustig?!", knurrte sie uns an. Dann wandte sie sich direkt an mich. „Hat dir schon mal jemand gesagt, dass dir Schadenfreude überhaupt nicht steht, Charlie?", sagte sie. „Und dass *ich* überhaupt nicht auf Schadenfreude stehe?"

Okay, das war jetzt wirklich nicht mehr lustig. Leo benahm sich in meinen Augen sogar etwas zu übertrieben ernst.

„Ach komm", versuchte ich sie zu beschwichtigen, „das war doch nur ein harmloser Bauchklatscher, da wird man doch wohl mal lachen dürfen."

„Ein harmloser Bauchklatscher?", wiederholte sie empört. „Weißt du, was da alles passieren kann, bei so einem *harmlosen Bauchklatscher?* Da kann einem das

Trommelfell reißen. Und es gibt Leute, die haben sich dabei sogar ein paar Rippen gebrochen."

„Aber bestimmt nicht vom Dreier", sagte ich abwinkend. „Das passiert höchstens irgendwelchen Klippenspringern, die sich von hundert Meter hohen Felsen stürzen."

„Ach, und das weißt du so genau, weil du plötzlich weltweit anerkannter Experte im Wasserspringen bist, oder wie?", erwiderte sie angriffslustig.

„Nein", sagte ich leicht angefressen. „Das weiß ich, weil ich gerade neulich eine Reportage über Klippenspringer gesehen habe." Was zwar halb gelogen war, weil ich nur halb hingeguckt hatte, aber egal, als Argument klang es durchaus plausibel, fand ich. „Und außerdem", fügte ich hinzu, „zum Thema Schadenfreude: Du lachst ja wohl auch immer, wenn im Fernsehen oder bei irgendwelchen *YouTube*-Videos jemand auf die Fresse fliegt. Und zwar nicht zu knapp."

„Aber das ist doch etwas völlig anderes!", hielt sie dagegen und wurde immer lauter. „Das kannst du doch überhaupt nicht vergleichen! Das sind doch nur Schauspieler, da weiß man schließlich, dass denen nicht wirklich etwas passiert ist. Und auf *YouTube* sind es meistens irgendwelche Vollidioten, die sich ganz bewusst solchen Situationen aussetzen, um im Netz berühmt zu werden. Da lache ich über die Dummheit dieser Deppen, nicht darüber, dass sie sich dabei wehtun. Und wenn ein Freund sich verletzt oder wehtut, gibt es schon mal gar nichts zu lachen. Zumindest sehe *ich* das so."

Ich sah das genauso. Wenn Ingo einen Bauchklatscher hingelegt hätte, hätte ich auch nicht gelacht und mir höchstwahrscheinlich erst einmal Sorgen um ihn gemacht, das ist ja wohl selbstverständlich. Aber es gab nun mal einen entscheidenden Unterschied zwischen Ingo und Joe Cool. Und auch wenn ich spürte, dass ich diesen Unterschied Leo gegenüber lieber nicht aussprechen sollte, tat ich genau das, weil ich es mittlerweile mehr als ungerecht fand, dass sie mich als unsensiblen Unmenschen hinstellte, der sich ständig am Leid anderer erfreute, nur weil ich über das selbst verschuldete Missgeschick dieses überheblichen Angebers gelacht hatte.

„Joe ist aber nicht mein Freund", sagte ich. „Er ist *dein* Freund. Und *dein* toller Freund hatte den ganzen Tag lang nichts Besseres zu tun, als *mich* dumm anzumachen oder zu verarschen, was ich *dir* zuliebe aber alles gern geschluckt habe, denn er ist ja schließlich *dein* Freund. Und wenn *dein* Freund meint, unbedingt den Affen machen zu müssen und dabei auf dem Bauch landet, dann ist er selbst dran schuld. Hat ihn ja schließlich niemand dazu gezwungen, einen Salto zu machen. Und somit darf sich *dein* Freund auch nicht beschweren, wenn er dafür ein bisschen ausgelacht wird. So sehe *ich* das."

Jawohl, das musste mal gesagt werden. Und es tat richtig gut, mir endlich einmal Luft zu machen – zumindest im ersten Moment. Natürlich war mir klar, dass Leo mir nicht plötzlich kleinlaut zustimmen und um Verzeihung für ihren ungerechtfertigten Angriff betteln würde, dafür kannte ich sie nun wirklich zu gut. Aber dass sie sich ausgerechnet die folgenden zwei Wörter aus meiner Verteidigungsrede herauspickte, um sie mir vorzuhalten, damit hätte ich als Allerletztes gerechnet.

„Mir zuliebe?!", fuhr sie mich aufgebracht an. „Du hast *mir zuliebe* alles gern geschluckt?! Wer hat das denn von dir verlangt? *Ich* ganz bestimmt nicht! Wenn du dich von Joe dumm angemacht oder verarscht fühlst, dann gib ihm gefälligst Kontra, damit habe *ich* doch nichts zu tun. Ich weiß, dass Joe manchmal ein bisschen überheblich rüberkommt, aber dann muss man ihm einfach mal ein paar blöde Sprüche zurückgeben, dann kapiert er das schon. Bist doch sonst nicht auf den Mund gefallen, wo ist da das Problem?"

Hatte ich das richtig verstanden? Jetzt war sie sauer auf *mich*, weil ich versucht hatte, zu *ihrem* Freund nett zu sein? Musste ich das verstehen?

„Das Problem ist, dass *dein* toller Freund ein Arschloch ist", erwiderte ich. „Er kann mich nicht leiden und ich kann ihn nicht leiden. Wenn *mir* das passiert wäre, würde er sich jetzt noch schlapplachen. Und bei ihm würdest du deswegen bestimmt nicht so einen Aufstand machen."

„Ach ja?! Woher willst du das wissen?! Was glaubst

du, wie oft ich Joe schon zusammengefaltet habe, wenn er Scheiße gebaut hat? Und er mich! Deswegen funktioniert unsere Freundschaft nämlich so gut! Weil wir uns immer gleich sagen, wenn uns etwas stinkt!"

„Ja, super, schön für euch", brummelte ich trotzig. „Trotzdem ist er ein Arschloch."

„Und was machst du dann hier?", fragte sie herausfordernd. „Hm? Wenn Joe so ein Arschloch ist und du ihn nicht ausstehen kannst, wieso bist du dann hier? Wieso bist du nicht zu Hause geblieben?"

„Na, das weißt du doch ganz genau", maulte ich. „Ich bin natürlich dir zulie… Ich meine, ich bin natürlich hier, weil ich *dich* sehen wollte. *Dich*, meine *Freundin*. Und dafür nimmt man dann eben sogar so ein Arschloch in Kauf."

„Oh, wie aufopferungsvoll von dir", erwiderte sie sarkastisch. „Aber weißt du was? Das wäre wirklich nicht nötig gewesen. So ein großes Opfer kann ich einfach nicht annehmen. Da verzichte ich lieber großmütig für die nächsten vier Tage auf deine Anwesenheit und erspare dir die schrecklichen Qualen, die *mein* Freund dir offensichtlich bereitet. Dann kannst du auch völlig ungestört den ganzen Tag lang über seine Schmerzen lachen, ohne dass ich dich dabei störe. Wäre das okay für dich?"

„Von mir aus", brummte ich, bevor mir überhaupt bewusst wurde, wozu ich da gerade meine Zustimmung gegeben hatte.

„Sehr gut", knurrte sie mich an. „Dann sind ja alle glücklich. Wir sehen uns dann am Samstag. Tschüss."

Sie stapfte mit verschränkten Armen zurück zu Joe.

Äh … Moment mal. Wir sehen uns dann am *Samstag? Tschüss?* Was sollte *das* denn heißen? Das hatte ich aber eben nicht abgenickt. Oder etwa doch? Mist, verdammter! Mein Trotz wich schlagartig einer heftigen Panikattacke.

„Halt, jetzt warte doch mal!", rief ich ihr flehend hinterher. „Leo! Das war doch alles gar nicht so gemeint! Es tut mir leid! Lass uns doch noch mal in aller Ruhe drüber reden!"

„Können wir gern machen!", rief sie zurück, ohne sich umzudrehen. „Am Samstag."

„Aber … Leo … ich …", rang ich nach Worten, um sie aufzuhalten.

„Ich ruf dich an", war ihre unbarmherzige Reaktion darauf. „Samstag. Schöne Woche noch."

„Leo! Jetzt warte doch mal! Das kannst du doch nicht machen!"

Konnte sie offenbar doch, denn sie ließ mich ohne ein weiteres Wort am Beckenrand hängen wie einen toten Fisch in der Räucherkammer.

„Oh Mann", seufzte ich niedergeschlagen. „Das hab ich wohl gründlich verkackt."

„Quatsch, Alder", sagte Ingo und tätschelte mir tröstend die Schulter. „War doch nicht deine Schuld. Und ihre Reaktion ist echt krass übertrieben."

„Das hilft mir leider auch nicht weiter."

„Ach komm, jetzt lass den Kopf nicht hängen", versuchte Ingo mich aufzumuntern. „Sieh es doch mal positiv: Immerhin hat sie nicht Schluss gemacht, oder?"

Nein, so schlimm war es Gott sei Dank nicht. Aber wir hatten uns zum ersten Mal gestritten. *Richtig* gestritten, meine ich. Nicht darüber, welche CD wir als Nächstes hören oder welchen Film wir uns im Kino ansehen wollten oder über ähnlich belanglose Kinkerlitzchen. Das war ein echter, ein beinahe schon böser Streit gewesen. Und ich hatte ihn mehr als gründlich verloren. Wobei es darum nicht wirklich ging, um das Gewinnen oder Verlieren des Streits. Hätte ich ihn gewonnen, dann wäre ich trotzdem kein bisschen glücklicher gewesen.

Ich wollte mich nicht mit Leo streiten, niemals. Wieso auch? Dafür liebte ich sie doch viel zu sehr. Und lieben und streiten gehören irgendwie nicht zusammen, finde ich. Es soll ja Leute geben, die großen Wert darauf legen, dass sie sich mit ihrem Partner gut streiten können. Kapier ich nicht. Als ob das etwas Tolles wäre. Wer streitet sich denn bitte schön gern? Vor allem, wenn man sich liebt. Das ergibt doch absolut keinen Sinn.

„Charlie?"

Eine weibliche Stimme ertönte über mir, aber es war leider nicht Leos.

Marie stand am Beckenrand, mein Handtuch hing

über ihrer Schulter. „Hier", sagte sie mit mitleidigem Blick und hielt es mir entgegen. „Soll ich dir geben."

„Na super", seufzte ich. „Danke."

Ingo und ich hievten uns aus dem Becken. Ich nahm das Handtuch und trocknete mich ab.

„Mach dir keine Sorgen", sagte Marie tröstend. „Bis Samstag hat sie sich bestimmt beruhigt und alles ist wieder okay."

„Ich hoffe es", seufzte ich. „Das werden vier verdammt harte Tage bis dahin."

„Wenn du jemanden zum Quatschen oder zum Zeitvertreib brauchst, kannst du uns jederzeit anrufen", bot Marie an.

„Ja, Alder", stimmte Ingo ihr zu. „Ein Anruf reicht und wir sind da, egal wann."

Auch wenn ich ihr Angebot grundsätzlich wirklich sehr zu schätzen wusste – die Vorstellung, in den nächsten vier Leo-losen Tagen ein ständig herumkitschendes, total glücklich verliebtes Pärchen um mich zu haben, das mich dauernd daran erinnerte, was ich gerade *nicht* hatte, verfehlte ihre aufmunternd gemeinte Wirkung gänzlich.

„Danke, schön zu wissen", sagte ich trotzdem und meinte es auch so. „Tja, dann geh ich wohl mal. Bis die Tage. Macht's gut."

„Ja, du auch", sagte Marie noch, bevor ich langsam in Richtung Ausgang schlurfte.

Als ich die Tür zu den Umkleiden öffnete, blickte

ich noch einmal in Leos Richtung. Sie saß im Schneidersitz neben Joe, der immer noch auf dem Rücken lag und vorsichtig seinen Bauch abtastete. Leo hob kurz den Kopf und schaute in meine Richtung. Immerhin etwas.

Ich hob verlegen lächelnd die Hand und winkte ihr zaghaft zu, aber sie schaute sofort wieder weg. Nicht böse sein, Leo. Bitte nicht böse sein.

Als ich zu Hause ankam, befand sich meine Laune verständlicherweise in U-Bahn-Nähe. Und sie wurde auch nicht besser, als ich beim Betreten der Wohnung ein lautes, unregelmäßiges Ratschen vernahm, ähnlich dem Geräusch, das entsteht, wenn jemand Holz mit einer groben Feile bearbeitet, aber doch irgendwie anders, die Tonlage passte nicht ganz ins Klangbild.

Ich ging ein paar Schritte weiter in den Flur, dann sah ich die Quelle des seltsamen Lärms. Die Badezimmertür stand halb offen. Unterhalb des ramponierten Schlosses sah ich eine Hand, die die Tür festhielt, und über dieser Hand blitzte immer wieder kurz ein verchromter Gegenstand auf.

RITSCH-RATSCH! RITSCH-RATSCH!

„Papa?", rief ich. „Was machst du denn jetzt schon wieder?"

„Charlie?", sagte er verwundert und schaute um die Ecke. „Du bist schon zurück? Wie war's denn im Schwimmbad?"

„Ach, frag besser nicht", knurrte ich genervt. „Sag

mir lieber, was das da werden soll, wenn's fertig ist. Ich hab doch gesagt, ich kümmere mich um die Tür."

„Ich weiß, dass du das gesagt hast", erwiderte mein Vater. „Gestern und vorgestern, aber passiert ist nichts. Und da ich vorhin fast nicht mehr rausgekommen bin, weil die Tür so fest klemmte, dachte ich, ich nehme das doch noch mal selbst in Angriff."

„Ja, ich weiß, tut mir leid", brummte ich. „Ich kam einfach noch nicht dazu. Hast du denn das Werkzeug gefunden?"

„Nein", antwortete er. „Aber ich habe *das* hier. Funktioniert ganz gut." Er streckte mir stolz grinsend unsere Käsereibe entgegen. „Man muss sich nur zu helfen wissen", sagte er und fuhr zur Demonstration zweimal mit der Reibe über den Rand der Tür.

„Und was soll das bringen?", fragte ich skeptisch.

„Na, ich hoble einfach ein paar Millimeter ab, dann klemmt sie nicht mehr."

„Ja, super", stöhnte ich genervt. „Und dann brauchen wir eine komplett neue Tür. Und eine neue Käsereibe. Komm, lass, das hat doch keinen Sinn."

„Nein, ich mach das jetzt", sagte mein Vater und setzte die Käsereibe wieder an. „Ich krieg das schon hin."

„Nein, kriegst du nicht!", fuhr ich ihn genervt an und riss ihm die Reibe aus der Hand. „Du machst alles nur noch schlimmer! *Ich* mach das! Scheißtür, verdammte!"

Ich trat vor Wut einmal kräftig gegen die Tür. Sie krachte gegen die Wand, schwang wieder zurück und traf meinen Vater an der Schulter.

„Oh, Entschuldigung!", rief ich und war über mich selbst entsetzt. „Das wollte ich nicht! Hast du dir wehgetan?"

„Nein, nein, geht schon", antwortete er. „Aber was ist denn los mit dir? Ist irgendwas passiert? Mit Leo vielleicht? Alles in Ordnung bei euch?"

„Nein", seufzte ich. „Wir haben uns heute zum ersten Mal gestritten. Und jetzt will sie mich bis Samstag nicht mehr sehen."

„Ach ja, der erste Streit", sagte mein Vater und legte einen verträumten Gesichtsausdruck auf. „Ich kann mich noch genau an den ersten Streit mit deiner Mutter erinnern. Gott, war das schön."

„Schön?", wunderte ich mich. „An einem Streit ist doch nichts Schönes."

„Doch", sagte mein Vater und zwinkerte mir verschwörerisch zu. „Die Versöhnung. Die Versöhnung ist immer schön. Glaub mir, darauf kannst du dich jetzt schon freuen."

„Aha", erwiderte ich zweifelnd. „Aber was, wenn es keine Versöhnung gibt?"

„Ach, Junge, deswegen musst du dir keine Sorgen machen. Beim ersten Streit gibt es immer eine Versöhnung. Eigentlich gibt es bei jedem Streit eine Versöhnung. Nur beim letzten nicht."

Gut zu wissen. Wie der letzte Streit hatte es sich zum Glück nicht angefühlt.

„Na gut“, sagte ich. „Dann hoffe ich mal, dass du Recht hast. Aber die Tür repariere trotzdem *ich*. Hab ja mehr als genug Zeit in den nächsten Tagen.“

„Soll mir recht sein“, sagte mein Vater. „Aber dann mach es auch wirklich.“

„Auf jeden Fall, versprochen, gleich morgen Früh“, sagte ich. „Wenn ich es jetzt mache, bleibt von der Tür nämlich nichts übrig.“

„Gut möglich“, sagte mein Vater und rieb sich die Schulter. „Und von mir wahrscheinlich auch nicht.“

„Tut mir echt leid, Papa“, entschuldigte ich mich noch einmal. „Ich wollte meine schlechte Laune nicht an dir auslassen.“

„Schon in Ordnung, Charlie“, sagte mein Vater. „Hast du Hunger? Soll ich uns was kochen? Wie wär's mit Spaghetti und Tomatensoße mit frischen Hobelspänen?“

Zum ersten Mal seit meinem verhängnisvollen Lachflash im Schwimmbad konnte ich wieder lachen, zumindest ein bisschen.

„Nein, danke“, antwortete ich. „Später vielleicht. Ich will erst noch 'ne Weile zeichnen.“

Was ich dann auch für den Rest des Tages tat – und am Ende erschreckt feststellen musste, dass der Streit mit Leo nicht nur einen dramatischen Einfluss auf mein Leben, sondern auch auf meinen Comic genommen hatte. Ich meine, ich habe quasi keine Geschichte mehr zu erzählen. Meine komplette Story ist futsch. Es wird ja bis Samstag nichts mehr passieren. Der böse Prinz Jonathan wird sang- und klanglos abreisen, der Farblose Ritter und Prinzessin Leo versöhnen sich (hoffentlich!) und dann war's das. Kuss, Ende, aus. Keine Handlung mehr, keine Action, keine Komik, keine Spannung, nichts. Das wird der lahmste Comic der Welt.

Ich hasse es über alle Maßen, es zuzugeben, aber sosehr ich Joe Cool auch verabscheue und eigentlich heilfroh bin, ihn nicht mehr sehen zu müssen: Für meine Geschichte ist seine Abwesenheit eine absolute Katastrophe. Gegen wen soll der Farblose Ritter denn jetzt heldenhaft kämpfen? Ohne fiesen Bösewicht gibt es keinen Helden, also gibt es ohne Joe Cool auch keinen Comic. Dieser verdammte Mistkerl! Selbst wenn er nicht da ist, schafft er es noch, mir einen reinzuwürgen! Was mache ich denn jetzt? Mir irgendeine abenteuerliche Geschichte aus den Fingern saugen? Das habe ich bisher noch nie versucht. Ist eigentlich nicht mein Stil. Kann ich das überhaupt? Mir bleibt wohl nichts anderes übrig. Wenn ich noch nicht einmal etwas zu zeichnen habe, sterbe ich bis Samstag nicht nur vor Sehnsucht, sondern auch noch vor Langeweile.

Okay, ich versuche es. Aber lass dir eins gesagt sein, Prinz Joe: Das wirst du bereuen! Meine Rache wird fürchterlich! Übelste Höllenqualen wirst du von jetzt an in meinem Comic erleiden! Der Farblose Ritter wird mit dir den Boden des gesamten Reiches aufwischen, bevor er deinen bestialisch von den Schultern gerissenen Kopf mit einer Kanone zurück in das Loch schießt, aus dem du es gewagt hast zu kriechen, um ihm das Leben zu versauen! Jawohl, so soll es sein! Mein Wille geschehe! Mein gezeichnetes Reich komme! Denn auch, wenn ich im echten Leben vielleicht ein Charlie Brown bin – als Comicschöpfer bin ich ein unbarmherziger und gnadenloser Gott der Vergeltung! Mua-hahaaa!

DIENSTAG

SCHWEREN HERZENS TRAT DER FARBLOSE RITTER SEINE STRAFE AN. WIE SOLLTE ER BLOSS VOLLE VIER TAGE OHNE SEINE GELIEBTE PRINZESSIN ÜBERSTEHEN? WAS ER NICHT AHNEN KONNTE: RETTUNG NAHTE BEREITS!

DASS ES AUSGERECHNET SEIN VERHASSTER ERZFEIND PRINZ JONATHAN WAR, DER IHN BEFREITE, STIMMTE DEN FARB-LOSEN RITTER MISSTRAUISCH. HINTER DER PLÖTZLICHEN FREUNDLICHKEIT DES PRINZEN KONNTE NUR EINES STECKEN: EINE HEIMTÜCKISCHE UND ÄUSSERST HINTERHÄLTIGE FALLE!

SEHR ZUM ERSTAUNEN DES FARBLOSEN RITTERS ERWIES SICH PRINZ JONATHAN JEDOCH ALS TREUER WEGGEFÄHRTE UND GUTER KAMERAD. SOLLTE SICH DER FARBLOSE RITTER IN SEINEM GRÖSSTEN WIDERSACHER ETWA GETÄUSCHT HABEN?

DOCH NOCH EHE DER FARBLOSE RITTER MERKTE, WELCH FALSCHES SPIEL MAN MIT IHM TRIEB, HATTE DER SCHURKISCHE PRINZ JONATHAN SICH ERNEUT FINSTERSTER KRÄFTE BEMÄCHTIGT, DIE DEN FARBLOSEN RITTER ZU SEINEM WILLENLOSEN SPIELZEUG WERDEN LIESSEN.

NACHDEM DER PRINZ DEM FARBLOSEN RITTER AUF DIESE WEISE SO MANCHES GEHEIMNIS ÜBER PRINZESSIN LEO ENTLOCKT HATTE, SCHLEPPTE ER DEN FARBLOSEN RITTER MEHR TOT ALS LEBENDIG IN SEIN VERLIES ZURÜCK UND ÜBERLIESS IHN DORT VOLLKOMMEN HILFLOS DEN BÖSESTEN ALBTRÄUMEN UND SCHRECKLICHSTEN VORAHNUNGEN.

Nein, das habe ich mir leider nicht aus den Fingern gesaugt, das ist wirklich passiert. Ja, Joe Cool war tatsächlich hier bei mir zu Hause, allein! Und er hat mich fast umgebracht! Echt jetzt, ohne Scheiß!

Ach komm, Charlie Brown. Du spinnst doch, Charlie Brown.

Nein, ich schwör's! Und er will mir Leo wegnehmen! Dieser verlogene Schleimer! Diese tausendfach verfluchte Ausgeburt der Hölle! Dieser scheinheilige, gemeingefährliche …

Ist gut jetzt, Charlie Brown. Beruhig dich erst mal, Charlie Brown.

Ich will mich aber nicht beruhigen, verdammt! Mir tut jetzt noch alles weh! Dieser hinterhältige Lump! Das war von Anfang an geplant, hundertpro!

Was war geplant, Charlie Brown? Immer schön der Reihe nach, Charlie Brown.

Ja, schon gut, dann eben immer schön der Reihe nach. Wenn ich überhaupt noch alles zusammenkriege.

Also, heute Morgen habe ich bis elf geschlafen, dann bin ich aufgestanden, habe geduscht und danach gefrühstückt, drei Nutella-Brote und ein Ei, weich gekocht.

Aus Mangel an Beschäftigung beschloss ich anschließend, endlich die Badezimmertür in Angriff zu nehmen. Zu diesem Zweck brauchte ich natürlich den Werkzeugkasten, der unter meinem Bett versteckt war, was dazu führte, dass ich flach auf dem Boden lag und halb unter dem Bett verschwunden war, als es an unserer Wohnungstür klingelte.

„Papa, machst du mal auf?", rief ich laut. „Ich kann gerade nicht!"

Da ich nicht mit Besuch rechnete, interessierte es mich auch nicht, wer da geklingelt hatte – wahrscheinlich der Postbote oder irgendein Vertreter.

Ich fragte mich gerade, wie die Werkzeugkiste so weit nach hinten gelangt war und wann ich dort unten eigentlich zum letzten Mal gesaugt hatte, als plötzlich eine Stimme hinter mir erklang.

„Hi, Charlie!"

Als ich die Stimme erkannte, schnellte mein Kopf vor Schreck ruckartig nach oben und knallte unsanft an den Lattenrost.

„Au!", fluchte ich. „Verdammt!"

„Oh, sorry", hörte ich Joe Cool sagen. „Ich wollte dich nicht erschrecken. Was machst du denn da auf dem Boden? Suchst du was? Kann ich dir irgendwie dabei helfen?"

Moment mal, was war das? Hatte ich mich vielleicht doch verhört? Dieser Typ klang viel zu nett für Joe Cool. Um sicherzugehen, schob ich mich langsam rückwärts unter dem Bett hervor und drehte mich um. Also doch, es war tatsächlich Joe Cool, der da leibhaftig vor mir stand. Die kurz aufflammende Hoffnung, dass Leo eventuell bei ihm sein könnte, erlosch leider sofort wieder – er war offenbar allein.

„Joe“, sagte ich verwundert und nicht unbedingt freundlich. „Was willst du denn hier?“

„Och“, sagte er und zuckte mit den Schultern, „nichts Besonderes. Leo ist beim Friseur und hat danach noch Gitarrenunterricht. Ich hatte keine Lust, allein bei ihr abzuhängen, und da hab ich gedacht, ich schau einfach mal bei dir vorbei.“

„Aha“, war alles, was mir dazu einfiel.

„Ja“, sagte Joe Cool und kratzte sich verlegen am Hinterkopf. „Und außerdem ... außerdem wollte ich mich bei dieser Gelegenheit auch gleich bei dir entschuldigen.“

Spätestens jetzt war klar, dass da irgendetwas nicht stimmen konnte. Wer war dieser Kerl und was hatte er mit Joe Cool gemacht?

„Entschuldigen?“, wiederholte ich ungläubig.

„Genau“, sagte er. „Und zwar für alles.“

Okay, nun wusste ich, was passiert war: Bei dem Typ, der da vor mir stand, handelte es sich tatsächlich nicht um Joe Cool, sondern um seine Bizarro-Version. Wie, ihr kennt Bizarro nicht? Bizarro ist quasi der böse Zwillingsbruder von Superman. Ich glaube, irgendein verrückter Wissenschaftler hat ihn zufällig erschaffen, als er Superman klonen wollte oder so ähnlich. Bizarro sieht zwar haargenau so aus wie Superman, hat aber einen absolut gegensätzlichen Charakter. Superman ist gut, Bizarro ist böse. Superman sagt Ja, Bizarro sagt Nein. Superman hat Durchfall, Bizarro hat Verstopfung. Und so weiter. Und genau das musste mit Joe Cool passiert sein. Ein verrückter Wissenschaftler hatte über Nacht eine Bizarro-Version von ihm erschaffen und diese bei mir vor der Tür abgestellt. Nun ist ein guter Bizarro zwar wesentlich angenehmer als ein böser, aber das grundsätzliche Problem bei allen Bizarros besteht darin, dass man ihnen auf gar keinen Fall trauen kann. Und daran wollte ich mich bei diesem seltsamen Bizarro-Joe-Cool auch halten.

„Na ja“, fuhr er fort, „hauptsächlich dafür, dass ich mich dir gegenüber so bescheuert benommen habe. Du weißt schon, die ganzen blöden Sprüche und so. Und das auf der Bowlingbahn war auch nicht okay, tut mir echt leid.“

Aha! Ich hatte es doch gewusst! Dieses ganze Rumgehuste war pure Absicht gewesen! Dieser verdammte, alles zugebende und sich auch noch dafür entschuldigende Mistkerl! Äußerst gerissene Taktik – das würde ich ihm nun nie wieder vorwerfen können.

„Ich weiß, ich komme manchmal ziemlich eingebildet rüber“, sprach er weiter, „dabei bin ich eigentlich genau das Gegenteil. Leo sagt immer, das wäre bei mir so was wie ein Selbstschutzreflex, um meine Komplexe zu überspielen. Wahrscheinlich hat sie Recht.“

Komplexe? Ja, klar. Die coolste Sau der Welt hatte Komplexe. Welche denn? Unerschütterliches Selbstvertrauen und angeborene Überlegenheit?

„Ich meine, vielleicht kennst du das ja“, fuhr er fort.

„Ich bin immer sehr unsicher, wenn es um Leute geht, die ich nicht kenne. Und um das zu überspielen, mache ich dann meistens einen auf extrem dicke Hose, so von wegen: Lieber verarsche ich die anderen, als dass ich von ihnen verarscht werde. Ich weiß, das ist völlig idiotisch, passiert mir aber ständig. Und diesmal hast du es abgekriegt und das tut mir echt leid. Vor allem, weil du deswegen jetzt Stress mit Leo hast. Das war absolut das Letzte, was ich wollte."

Aber sicher doch. Der arme, unverstandene Junge. Er hatte mich nur aus Selbstschutz verarscht, beleidigt und fertiggemacht. Weil er tief in seinem Herzen eigentlich ein zartes, unsicheres Pflänzchen war. Wie hatte ich ihn bloß dermaßen falsch einschätzen können?

Was wollte er denn jetzt von mir hören? *Komm in meine Arme, voreilig falsch beurteilter Freund, alles ist vergeben und vergessen?* Hallo?! Verarschen konnte ich mich alleine!

„Weiß sie denn, dass du hier bist?", fragte ich misstrauisch.

„Um Gottes willen, nein!", antwortete er. „Sie hat mir sozusagen Kontaktverbot erteilt. Wobei ich das schon ziemlich übertrieben finde. Ich meine, erstens können wir das untereinander klären und zweitens war das ja wohl echt keine große Sache gestern im Schwimmbad. Ganz ehrlich: Wenn einer von euch so einen astreinen Bauchklatscher hingelegt hätte, würde ich wahrscheinlich jetzt noch lachen. Ich meine, da lacht doch jeder, ist doch nichts dabei, oder? Außer unserer Leo natürlich. Aber so ist sie eben, manchmal tickt sie wegen solcher Kleinigkeiten total aus. Aber wem sage ich das, kennst sie ja."

„Ja, allerdings", musste ich ihm zustimmen. „Hat sie sich denn mittlerweile wenigstens ein bisschen abgeregt?"

„Klar, keine Sorge", sagte Joe Cool. „So schnell, wie sie sich aufregt, regt sie sich auch wieder ab. Was glaubst du, wie oft wir uns schon gezofft haben. Aber spätestens am nächsten Tag war alles wieder okay."

Uff! Das war sehr beruhigend zu hören. So gut wie er kannte ich Leo dann doch wieder nicht. Wie auch, nach vergleichsweise kurzer Zeit? Und vor allem nach dem allerersten Streit.

„Trotzdem ist sie der festen Überzeugung, dass es besser wäre, wenn wir beide uns nicht mehr über den Weg laufen, bis ich wieder nach Hamburg abhaue", sagte Joe Cool. „Aber ich dachte, ich überzeuge sie einfach vom Gegenteil und lade dich als Friedensangebot in die Stadt ein. Ich schulde dir sowieso noch fünf Euro von Samstag. Essen, trinken, egal, worauf du Lust hast, geht auf mich. Vorausgesetzt natürlich, du nimmst mein Angebot an."

Er sah mich abwartend an.

Ich sollte ihm also verzeihen. Einfach so. Alles vergessen. Als wäre nichts gewesen. Die erste Frage, die ich mir stellte, war: Wollte ich das überhaupt? Oder *konnte* ich das überhaupt? Wer garantierte mir denn, dass er mich nicht wieder nur verarschte? Wieso sollte ich ihm plötzlich vertrauen? Nur weil er es sagte? Und würde ich mir damit nicht nur noch mehr Ärger mit Leo einhandeln, weil ich mich ihr widersetzte? Andererseits: Konnte ich es mir in Bezug auf Leo überhaupt leisten, seine Entschuldigung *nicht* anzunehmen? Wenn er ihr erzählen würde, dass er extra bei mir war, um sich zu entschuldigen, und dass ich diese Entschuldigung eiskalt ausgeschlagen hatte, wäre wahrscheinlich die Hölle los und *ich* wäre derjenige, dem genau *das* nicht verziehen werden würde. Mir blieb somit gar nichts anderes übrig, als sein sogenanntes Friedensangebot anzunehmen und argwöhnisch abzuwarten, wie ernst es gemeint war.

„Okay", sagte ich also. „Essen klingt gut. Schon mal Handkäs mit Mussigg gegessen?"

„Handkäs mit *was?*", fragte Joe Cool skeptisch.

„Handkäs mit Mussigg", wiederholte ich. „*Das* hessische Nationalgericht. Ein absolutes Muss, wenn man in Frankfurt ist."

„Aha", sagte Joe Cool. „Nie gehört. Geschweige denn gegessen."

„Na, dann wird's aber höchste Zeit, dass du mal einen probierst", sagte ich. „Und ich weiß auch schon wo."

Okay, zugegeben, das war schon ein bisschen fies von mir. Wenn unsere Geschmacksnerven nur im Entferntesten ähnlich konstruiert waren, würde er es sehr schnell bereuen, einen „Handkäs mit Musik“ bestellt zu haben. Ja, ich weiß, als echter Frankfurter darf ich so etwas eigentlich nicht sagen, aber tut mir leid, das Zeug schmeckt einfach widerlich. Und es riecht noch widerlicher. Ungelogen. Das riecht wie die Socken meines Vaters, wenn er wieder einmal eine komplette Woche vergessen hat, sie zu wechseln. Es wird mir immer ein Rätsel bleiben, dass es tatsächlich jede Menge abartiger Leute gibt, die diese Widerlichkeit nicht nur essen, sondern sogar lieben. Ob Joe Cool dazugehören oder mir angeekelt den Teller an den Kopf werfen würde, musste sich erst noch zeigen. Ein schlechtes Gewissen hatte ich wegen dieser Aktion aber nicht. Ich betrachtete sie lediglich als kleinen Test, ob er es mit seiner Entschuldigung und der plötzlichen Wandlung vom unausstehlichen Mistkerl zum Gutmenschen auch wirklich ernst meinte.

Wir fuhren mit der U-Bahn nach Sachsenhausen und stiegen am Schweizer Platz aus. Sachsenhausen ist der Stadtteil Frankfurts, in den alle Touristen geschickt werden, wenn sie lokale Spezialitäten essen oder sich hemmungslos besaufen wollen. Dort gibt es eine Kneipe neben der anderen, unzählige Restaurants, Imbissbuden aller Nationalitäten und jede Menge kleiner Clubs, zwischen denen abends und besonders am Wochenende Massen an feierwütigen Leuten hin und her pendeln. Tagsüber geht es etwas beschaulicher zu, da hat man zwischen den vielen verwinkelten Gässchen fast das Gefühl, in einem malerischen Dorf aus vergangenen Zeiten zu sein.

Wir steuerten die erste offene Apfelweinwirtschaft an, die wir fanden, und setzten uns an einen freien Tisch. Der Kellner brachte uns die Karte und wir blätterten sie durch.

„Ah, da ist es ja", stellte Joe Cool fest. „Handkäs mit Musik."

„Mussigg", verbesserte ich ihn. „In Frankfurt heißt das Mussigg."

„Okay, Mussigg", wiederholte er, aber es klang irgendwie nicht richtig hessisch. „Und das soll ich jetzt also bestellen?"

„Ja", sagte ich. „Das muss man mal probiert haben, wenn man in Frankfurt war. Aber ich muss fairerweise sagen, dass es nicht jedermanns Geschmack ist. Mir schmeckt es zum Beispiel überhaupt nicht."

Ihn einfach so ins offene Handkäs-Messer laufen zu lassen, brachte ich dann doch nicht übers Herz.

„Ach, ich esse eigentlich alles", sagte er abwinkend. „Ich probier das einfach mal. Was nimmst du?"

„Eine andere hessische Spezialität", antwortete ich. „Rippchen mit Sauerkraut."

Der Kellner kam zurück und nahm unsere Bestellung auf.

„Un was wollder tringge?", fragte er, nachdem er unser Essen notiert hatte.

„Zwei Apfelwein, bitte“, sagte Joe Cool wie aus der Pistole geschossen, ohne mich überhaupt zu fragen. Ich sah ihn irritiert an.

„Na, du hast doch gesagt, ich soll lokale Spezialitäten probieren“, sagte er. „Und das trinkt man doch hier, oder?“

Womit er natürlich Recht hatte – Apfelwein ist *das* Frankfurter Nationalgetränk. Aber da ist nun mal Alkohol drin und mit Alkohol hatte ich bisher nicht unbedingt gute Erfahrungen gemacht. Erstens schmeckte mir das Zeug nicht und zweitens war mir bisher noch jedes Mal kotzübel davon geworden, wenn ich mehr als zwei Gläser getrunken hatte. Aber okay, ich wollte nicht einen auf Spielverderber machen, schließlich lud mich Joe Cool ein. Und ein Glas sollte kein Problem sein.

„Für mich dann aber bitte einen süß Gespritzten, mit viel Limo“, sagte ich zum Kellner.

„Siiß gespritzt?“, fragte er und verzog beleidigt das Gesicht. „Was glaabste, was mir hier sind? 'ne Cocktailbar? Ebbelwoi werdd bei uns nur pur aasgeschengt.“

Wie bitte, was? Das war selbst mir als gebürtigem Frankfurter neu. Normalerweise wurde man nicht schief angeguckt oder gar geächtet, wenn man einen Gespritzten bestellte. Man kann's auch übertreiben mit den lokalen Gepflogenheiten, finde ich. Aber ich wusste bereits, wie ich diesem Gespritzten-Verächter elegant eins auswischen konnte.

„Gut, dann eben pur", sagte ich und machte absichtlich eine kleine Pause. „Und eine Limo dazu, bitte."

Der Kellner warf mir einen vernichtenden Blick zu, notierte meine Bestellung und brachte uns kurz darauf zwei Apfelwein und ein Glas Limo, das er allerdings etwas lauter auf dem Tisch abstellte als die anderen Gläser.

„Na dann, Prost!", sagte Joe Cool und streckte mir sein Glas entgegen. „Auf Frankfurt!"

„Auf Frankfurt!", stimmte ich ein und wir stießen an.

Wir tranken beide einen großen Schluck. Als Joe Cool sein Glas absetzte, verzog sich sein Gesicht zu einer schiefen Grimasse.

„Etwas gewöhnungsbedürftig", sagte er. „Aber nicht schlecht."

„Habe ich dich schon vor den Nebenwirkungen gewarnt?", fragte ich grinsend, während ich mein Glas mit Limo wieder auffüllte.

„Lass mich raten", sagte Joe Cool. „Wenn man zu viel davon trinkt, wird man besoffen?"

„Ja, das auch", erwiderte ich lachend. „Aber das meinte ich nicht. Wenn man zu viel davon trinkt, passiert noch etwas anderes. Frag mal die Engländer."

Joe Cool sah mich verwirrt an.

„Okay, pass auf", fing ich an zu erzählen, „ist eine der Lieblingsgeschichten meines Vaters. WM 2006 in

Deutschland. Die Engländer hatten ein Spiel hier in Frankfurt, also waren jede Menge englische Fans in der Stadt. Und wie das die Engländer eben gern so machen, haben sie sich total volllaufen lassen, gerade hier in Sachsenhausen und hauptsächlich mit Apfelwein, ist ja auch das Preiswerteste, was es an Alkohol gibt. Das Problem war nur, dass sie keinen Apfelwein gewöhnt waren, und da kann es sehr schnell passieren, dass das Zeug einem auf die Verdauung schlägt. Du verstehst, was ich meine?"

„Von Apfelwein muss man ungewöhnlich viel pissen?", fragte Joe.

„Nein, anderer Ausgang", erwiderte ich grinsend und zog die Augenbrauen nach oben. „Du kriegst einen tierischen Dünnpfiff."

„Oh", sagte Joe Cool. „Nicht gut."

„Genau das dachten sich ganz viele Engländer auch, als sie plötzlich dringend eine Toilette brauchten, aber nicht alle auf die Schnelle eine fanden", fuhr ich fort. „Und einige von ihnen hüpften dann aus lauter Verzweiflung in den Main, um sich dort unauffällig in die Hose zu kacken. Da planschten dann so zehn bis zwanzig total besoffene Engländer im Main herum und seufzten erleichtert auf, während aus ihren Hintern braune Blubberblasen sprudelten. Muss echt ein Bild für die Götter gewesen sein."

„Haha! Wie geil ist das denn?!", prustete Joe Cool los. „Das hätte ich ja zu gern gesehen!"

„Tja“, bemerkte ich lachend, „so was gibt’s eben nur in Frankfurt.“

Kurze Zeit später kam unser Essen, und nachdem Joe Cool den Handkäs zuerst argwöhnisch beäugt und noch argwöhnischer beschnüffelt hatte, befand er nach dem ersten zaghaften Bissen doch tatsächlich, dass ihm dieses stinkende Etwas sehr gut schmeckte.

Während des Essens unterhielten wir uns über alles Mögliche – TV-Serien, Musik, Filme – und nicht selten stellten wir dabei fest, dass wir einen ähnlichen Geschmack hatten, was mich angenehm überraschte. Ich hätte gewettet, wir hätten so gut wie gar nichts gemeinsam.

Zwischendurch bestellte Joe Cool eine zweite Runde Apfelwein, aber da ich noch genug Limo hatte, um ihn zu strecken, machte ich mir deshalb keine Sorgen. Nach dem dritten spürte ich aber doch, wie mir der Alkohol so langsam zu Kopf stieg. Alles wurde irgendwie weicher und sanfter, mehr wollte ich auf keinen Fall trinken.

„Und was machen wir jetzt?“, fragte ich, da unsere Teller bereits seit einiger Zeit abgeräumt waren.

„Keine Ahnung“, sagte Joe Cool. „Ist ziemlich schön draußen. Wir könnten uns einfach irgendwo hinsetzen und chillen. Gibt doch bestimmt irgendein hübsches Plätzchen hier in der Nähe, oder?“

Mir fiel sofort der perfekte Ort ein, um an einem schönen Herbsttag wie diesem rumzugammeln.

„Klar, gute Idee“, sagte ich. „Wir können ans Mainufer gehen, ist nicht weit von hier.“

„Okay, klingt perfekt“, sagte Joe Cool und zog sein Portemonee aus der hinteren Hosentasche. „Ich zahl noch schnell, dann können wir abhauen.“

Auf dem Weg zum Main hinunter kamen wir an einer Eisdiele vorbei und Joe Cool spendierte eine Runde Eis. Ich hoffte, dass die Kühlung sich positiv auf meinen Kopf auswirken würde, denn an der frischen Luft spürte ich die Wirkung des Apfelweins plötzlich noch viel stärker. Ich schwankte sogar ein bisschen beim Gehen.

Wir waren schon fast am Mainufer, als uns eine Gruppe von vier Jungs entgegenkam. Der Bürgersteig war an dieser Stelle ziemlich schmal, Joe und ich blieben hintereinander stehen und drehten uns zur Seite, um sie vorbeizulassen. Einer der Jungs streifte mich trotzdem mit der Schulter und traf dabei mit dem Ärmel seiner Jacke meine Eiswaffel, die daraufhin herunterfiel und genau auf seinem Schuh landete. Er blieb ruckartig stehen und betrachtete die Sauerei.

„Ey, geht's noch, Alta?!“, fuhr er mich an. „Pass doch auf! Die sind nagelneu! Scheiße, ey!“

Seine Kumpel, die bereits ein paar Schritte weitergelaufen waren, blieben nun auch stehen, machten geschlossen kehrt und kamen mit finsteren Mienen auf mich zu. Jeder Einzelne von ihnen war ungefähr einen
Meter breiter als ich und hatte Oberarme wie Later-

nenpfähle. Sie sahen aus, als wären sie geradewegs aus einem Bodybuilding-Studio ausgebrochen. Eine weitere Gemeinsamkeit bestand in der farblichen Auswahl ihrer Klamotten, die komplett in Weiß gehalten und einzig durch die unterschiedlichen Logos der Hersteller auseinanderzuhalten waren. Hätte man diese Jungs mit dem Rücken zueinander im Kreis aufgestellt, wären sie gut und gerne als Litfaßsäule für angesagte Modemarken durchgegangen.

„Was los, Alta?“, wollte Tommy Hilfiger wissen.

„Macht der Zwerg da etwa Ärger?“, fragte Dolce & Gabbana.

„Ey, guckt euch das an, Alta!“, sagte Hollister und zeigte auf seinen ursprünglich strahlend weißen Schuh, den nun kakaobraune Flecken zierten. Hätte ich das gewusst, hätte ich natürlich Vanille- anstatt Schokoladeneis bestellt.

„Der Spast hat voll meine neuen Schuhe ruiniert!“, jammerte Hollister weiter.

„Scheiße, Alta“, bemerkte Calvin Klein mitleidig. „Die hast du doch gestern erst geklaut.“

„Genau“, sagte Hollister. „Und die hätten hundertfünfzig Scheine gekostet!“

Er drehte sich zu mir und trat so dicht an mich heran, dass ich fast die Anabolika in seinem Atem riechen konnte.

Das Herz schlug mir bis zum Kinn. Ganz davon abgesehen, dass ich gegen diese Bullen sowieso keine

Chance gehabt hätte – ich war noch nie in eine Prügelei verwickelt gewesen und hatte absolut keinen Plan, wie man sich in solchen Situationen am besten verhielt. Ein kurzer Blick zu Joe Cool vernichtete meine Hoffnung, er könnte eventuell eine im Auftrag des CIA heimlich gezüchtete Mischung aus Hulk und Terminator sein. Er wirkte im Angesicht dieser Muskelberge ebenso hilflos wie ich.

Aus Mangel an Alternativen entschloss ich mich schließlich spontan für die Taktik unterwürfigen Winselns.

„Tut … tut mir echt leid", quiekte ich leise. „Das … das war doch keine Absicht."

„Alta, weißt du was?", knurrte Hollister und legte seine riesige Pranke auf meine Schulter. „Das glaub ich dir sogar, du kleiner Spast. Aber das ist mir fuckegal. Du schuldest mir hundertfünfzig Scheine. Und die gibst du mir jetzt besser, sonst kannst du nämlich die nächsten sechs Wochen im Krankenhaus dein Eis durch einen Schlauch lutschen."

Die Schrankwand hinter ihm lachte gehässig über diesen Spruch, der seine Wirkung auf mich nicht verfehlte. Angstschweiß sprudelte aus all meinen Poren.

„Aber … aber ich hab keine hundertfünfzig Euro!", winselte ich. „Echt nicht. Ich würd dir das Geld sofort geben, wenn ich es hätte. Aber ich hab höchstens zehn Euro dabei. Die kannst du gern haben! Aber mehr hab ich echt nicht."

„Zehn Euro, Alta?“, knurrte Hollister mich an. „Die reichen ja nicht mal für die Schnürsenkel.“ Er drehte sich zu seinen Kumpeln um. „Lasst uns den Spast zusammenfalten, Alta“, brummte er.

Die gesamte Schrankwand rückte fies grinsend näher. Tommy Hilfiger vollführte Dehnübungen, als würde er sich auf seinen ersten Versuch im olympischen Hammerwurf vorbereiten, während Calvin Klein und Dolce & Gabbana ihre Fingerknochen knacken ließen. Ich sah mich bereits sauber zusammengefaltet im nächsten Mülleimer liegen und schloss in ängstlicher Erwartung die Augen, als ich plötzlich Joe Cools Stimme hörte.

„Das würde ich an eurer Stelle lieber lassen“, sagte er leise, aber bestimmt.

Ich öffnete die Augen wieder und sah, wie sich Joe Cool zwischen Hollister und mich schob.

Hollister sah ihn kurz verdutzt an, fing sich aber sehr schnell wieder. „Alta“, knurrte er Joe Cool an, „wenn du nicht zufällig hundertfünfzig Euro dabeihast oder deinem kleinen Spasti-Freund hier im Krankenhaus Gesellschaft leisten willst, würde ich mich an deiner Stelle lieber ganz schnell verpissen.“

Also an Joe Cools Stelle hätte ich sofort die Beine in die Hand genommen und wäre losgeflitzt, aber er machte seinem Namen alle Ehre und blieb verdammt gelassen.

„Glaubt mir“, sagte er und legte einen verschwörerischen Flüsterton auf. „Wenn ich mich auch nur drei

Meter von diesem Jungen entferne, bricht hier die Hölle los. Seht ihr die Kamera da drüben?"

Er nickte in Richtung eines dicht belaubten Baumes auf der anderen Straßenseite.

Die Schrankwand drehte kollektiv die Köpfe und blickte angestrengt in die Blätter.

„Wo denn?", fragte Tommy Hilfiger.

„Der will uns verarschen", bemerkte Calvin Klein blinzelnd.

„Ich seh keine Kamera", sagte Hollister.

„Haargenau", wisperte Joe Cool. „Die soll man nämlich auch nicht sehen. Trotzdem ist sie da. Und sie ist genau auf euch gerichtet."

Dolce & Gabana zog schnell seine weiße Basecap tiefer ins Gesicht.

„Also Jungs, passt auf", fuhr Joe Cool weiter flüsternd fort. „Eigentlich darf ich euch das gar nicht sagen, aber ihr seid mir in all eurer körperbetonten Tumbheit irgendwie sympathisch und außerdem viel zu jung, um die nächsten zehn Jahre in einer Zelle hundert Meter unter der Erde zu verbringen, die offiziell überhaupt nicht existiert, weil du dir dort mit der Menschenrechtscharta allerhöchstens den Arsch abwischen kannst."

Die modische Muskelmasse sah ihn an, als hätte er gerade einen Vortrag über Atomphysik gehalten.

„Was laberst du da für eine Scheiße, Alta?", sagte Hollister, dessen Gehirn als Erstes wieder ansprang.

„Wenn ich so 'nem kleinen Spast ein bisschen die Fresse verbeule, krieg ich doch keine zehn Jahre."

„Aha", erwiderte Joe Cool, „du hast den Jurakurs für Minderjährige an der Volkshochschule also mit Bravour bestanden. Und du hast natürlich absolut Recht: Für einmal Fresse verbeulen eines kleinen Spasts sieht die allgemeine Rechtsprechung keine Strafe von zehn Jahren vor. Aber was glaubst du, was passiert, wenn es sich dabei rein zufällig um den Sohn des Innenministers handelt, der vor knapp drei Wochen fast entführt worden wäre und seitdem rund um die Uhr unter Personenschutz der GSG 9 steht? Seht ihr den Mann da drüben?"

Joe nickte gespielt unauffällig zu einem Obdachlosen hinüber, der zwischen unzähligen Plastiktüten an einer Hausecke auf dem Boden saß.

„Der abgefuckte Penner da?", fragte Calvin Klein.

„Das ist der Sohn vom Innenminister?", wunderte sich Tommy Hilfiger.

„Krass, Alta!", stellte Dolce & Gabbana fest.

„Oh Mann, Alta!", stöhnte Hollister. „Der meint doch nicht den verlausten Penner da, der meint den kleinen Spast!"

In diesem Moment kratzte sich der Obdachlose am Ohr. Joe Cool griff sich ebenfalls mit der rechten Hand ans Ohr und drehte seinen Kopf zur Seite.

„Ja?", murmelte er leise, aber deutlich hörbar. „Nein, kein Zugriff … Ja, alles unter Kontrolle … Vermutlich ein Missverständnis ... Ja, trotzdem bereithalten ... Was? ... Haben Sie nicht gehört, was der Einsatzleiter heute Morgen angeordnet hat? ... Nein, keine Gummigeschosse, nur scharfe Munition! Wir sind doch nicht bei der Polizei! ... Ja ... Roger, out."

Joe Cool wandte sich wieder an die Schrankwand, die völlig verstört zwischen ihm und dem Obdachlosen hin und her guckte, der, als wäre es verabredet gewesen, plötzlich anfing, in einer seiner Tüten zu wühlen.

„Verzeihung", sagte Joe Cool. „Wo war ich? Ach ja, der Mann da drüben. Das ist ..."

„Sch-schon gut, Alta!", unterbrach ihn Hollister. „W-wir gehen dann jetzt mal. Ich meine, wenn das okay ist? D-dürfen wir gehen?"

„Natürlich dürft ihr gehen", sagte Joe Cool gelassen. „Wieso denn nicht? Ist doch ein freies Land."

„Äh ... ja ... g-gut", stammelte Hollister und zog Tommy Hilfiger und Calvin Klein am Ärmel von uns weg. „D-dann sind wir jetzt mal weg. Sch-schönen Tag noch."

„Danke, euch auch!", sagte Joe Cool freundlich grinsend. „Herrliches Wetter heute, nicht wahr? Wir werden es uns jetzt gleich ein bisschen am Mainufer gemütlich machen, nur dass ihr Bescheid wisst."

Er zwinkerte ihnen noch zu, dann drehten sie sich um und schlichen betreten von dannen. Sie waren bereits ein paar Schritte von uns entfernt, als ich vor Erleichterung deutlich hörbar ausatmete, aber sofort wieder die Luft anhielt, weil Joe Cool den Typen noch etwas hinterherrief: „Hey, Moment mal!“

Die Schrankwand blieb wie angewurzelt stehen. Hollister drehte sich ängstlich um.

„Dein Schuh!“, rief Joe Cool. „Hab das gerade mit dem Chef geklärt. Den ersetzen wir selbstverständlich. Am besten, du lässt ihn mir hier, damit wir nicht das falsche Modell kaufen. Und wegen der richtigen Größe natürlich.“

„Ich ... ich soll meinen Schuh ausziehen?!“, fragte Hollister mit großen Augen.

„Wenn’s dir nichts ausmacht“, erwiderte Joe Cool. „Wäre für uns am einfachsten.“

In diesem Moment stand der Obdachlose mit all seinen Tüten auf und bewegte sich mit kleinen, trippelnden Schritten direkt auf die Schrankwand zu.

„Alles klar!“, rief Hollister panisch und zog sich auf einem Bein hüpfend hektisch den Schuh aus. „Kein Problem! Wie ihr wollt! Hier!“

Er feuerte den Schuh in hohem Bogen in unsere Richtung, warf noch einen Blick auf den immer näher kommenden Obdachlosen und rannte los.

„Super, danke!“, schrie Joe Cool ihm hinterher. „Wir schicken dir den neuen Schuh dann mit der Post! Keine Sorge, deinen Namen und deine Adresse hat unser Computer längst ausgespuckt!“

Erst als der Rest der Schrankwand ebenfalls losgesprintet und außer Sichtweite war, fiel alle Anspannung von mir ab. Meine Knie zitterten und ich konnte gar nicht anders, als auf den Boden zu sinken.

„Puh!“, seufzte ich auf. „Das war knapp! Ich hab mich schon als Matschklumpen in einem Krankenwagen liegen sehen.“

Joe Cool ließ sich neben mir auf dem Boden nieder.

„Danke, Joe“, sagte ich aus tiefstem Herzen. „Du hast mir den Arsch gerettet.“

„Tja“, sagte er breit grinsend und legte seinen Arm um meine Schulter. „Manchmal kann es doch von Vorteil sein, wenn man einen auf ganz dicke Hose macht.“

„Du bist echt eine verdammt coole Sau“, sagte ich anerkennend.

„Das täuscht“, sagte er. „Glaubst du, ich hätte mich nicht fast eingepisst? Wenn die zusammen nur einen Intelligenzpunkt mehr gehabt hätten, würden wir hier jetzt nicht sitzen, sondern liegen und so schnell nicht mehr aufstehen.“ Er stand auf und streckte mir die Hand entgegen. „Komm“, sagte er, „wir begießen jetzt erst mal unseren Triumph. Ich geb noch einen aus. Dieses Apfelweinzeug gibt's doch bestimmt auch in Flaschen, oder?“

Da konnte ich ja wohl schlecht Nein sagen, oder? Ich meine, er hatte mir schließlich gerade das Leben gerettet. Es wäre mehr als unhöflich gewesen, sein Angebot abzulehnen. Außerdem hatte mich die ganze Aktion schlagartig wieder nüchtern werden lassen. Ich würde alkoholtechnisch also wieder bei null anfangen und eine Flasche zu zweit war auch nicht so viel, das würde ich schon verkraften. Dass Joe kurz darauf in einem Supermarkt gleich *zwei* Flaschen besorgen würde, konnte ich ja nicht ahnen. Immerhin kaufte er eine große Flasche Limo dazu.

Eine Dreiviertelstunde später war die erste Flasche allerdings bereits leer. Wir saßen am Mainufer auf einem Grünstreifen in der Sonne. Die ganze Anspannung, die der Vorfall mit der Schrankwand ausgelöst hatte, war mittlerweile längst in ausgelassenes Gelächter umgeschlagen.

„Als … als der Penner dann … als der in die Tüte gegriffen hat“, sagte Joe Cool und seine Stimme überschlug sich vor Lachen, „da wäre ich … da wäre ich innerlich fast gestorben! Hast du die Gesichter von diesen Deppen gesehen?! Oh Mann! So viel Dummheit auf einmal gibt's eigentlich gar nicht! Wenn du denen nur eine einzige Gehirnzelle klaust, kannst du sie als Primaten im Museum ausstellen!“

Ich prustete einen Schluck süß Gespritzten aus. So viel hatte ich schon lang nicht mehr gelacht – und das ausgerechnet wegen und mit Joe Cool, wer hätte das gedacht? Wobei ich zu diesem Zeitpunkt kein bisschen darüber nachdachte, dass ich ihn nur ein paar Stunden vorher noch abgrundtief gehasst hatte, im Gegenteil, ich konnte diesen Kerl sogar verdammt gut leiden und hätte Stein und Bein geschworen, dass es schon immer so gewesen war. Mein cooler Freund Joe, der witzigste

Typ auf Erden, einen besseren Kumpel konnte es gar nicht geben, jawohl! Darauf trank ich noch einen Schluck Apfelwein.

Erst nachdem wir die komplette Schrankwandgeschichte noch mindestens dreimal durchgelacht hatten, wurden wir ruhiger. Ich lag gerade mit geschlossenen Augen auf dem Rücken und versuchte zu ignorieren, dass mir leicht schwindelig war, als ich neben mir etwas rascheln hörte. Ich drehte meinen Kopf zur Seite und öffnete die Augen. Joe Cool saß im Schneidersitz neben mir und fummelte an irgendetwas herum, was zwischen seinen Beinen auf dem Boden lag. Neugierig richtete ich mich auf und sah, dass er mit einem Feuerzeug herumhantierte.

„Was wird das denn, wenn's fertig ist?", fragte ich.

„Och, nur ein bisschen was zum Entspannen", antwortete Joe Cool. „Rauchst du?"

„Nein", antwortete ich. „Hab's mal probiert, schmeckt mir nicht."

Was stimmte – auch wenn das nicht die ganze Geschichte war. Ich habe es tatsächlich einmal probiert mit dem Rauchen, vor über fünf Jahren. Damals hat mein Vater mich noch regelmäßig mitgenommen, wenn er im Jazzkeller gespielt hat. Er selbst rauchte zwar nicht, aber einige seiner Musikerkollegen schon, und der eine hat mir dann – eigentlich nur aus Spaß – eine Zigarette angeboten. Ebenfalls aus Spaß habe ich Ja gesagt und fest damit gerechnet, dass mein Vater sofort einschreiten und es mir verbieten würde. Das tat er aber nicht. Er sah ganz gelassen zu, wie ich mir eine Zigarette aus dem Päckchen nahm, und gab mir dann sogar eigenhändig Feuer. Dieser hinterhältige alte Fuchs. Er wusste ganz genau, was passieren würde. Ich zog ein paarmal paffend an der Zigarette und kam mir dabei unglaublich toll und erwachsen vor, obwohl sich der Rauch in meinem Mund total ekelhaft anfühlte. Dann lief ich plötzlich grün an und kübelte dem Schlagzeuger, der mir die Zigarette gegeben hatte, direkt aufs Hemd. Eine durchaus fragwürdige, aber wirksame Erziehungsmaßnahme meines Vaters – sein Sohn würde im Leben keine Zigarette mehr anrühren und sein Schlagzeuger einem Zehnjährigen mit Sicherheit nie wieder eine anbieten.

„Auch so was nicht?“, fragte Joe Cool und streckte eine selbst gedrehte, ungewöhnlich große und am Ende zusammengezwirbelte Zigarette in die Luft.

Oha. Natürlich wusste ich sofort, was das war. Das war keine Zigarette, das war ein Joint. Marihuana, Gras, Hasch, keine Ahnung, damit kannte ich mich nun wirklich nicht aus. Ein paar Jungs in der Schule kifften regelmäßig, das wusste jeder. Und so sahen die auch aus. Die hatten ständig ein leicht debiles Grinsen im Gesicht und durchsichtige rote Vorhänge vor den Pupillen. Sie wirkten immer etwas unaufgeregter, um nicht zu sagen: langsamer als der Rest, was sich unter anderem merklich auf ihr Sprachzentrum auswirkte.

Da ich es nicht unbedingt als erstrebenswert betrachtete, auf meine Umwelt wie ein zugedröhntes Muli zu wirken, war ich bisher nie in die Verlegenheit gekommen, das mit dem Kiffen auch einmal ausprobieren zu wollen. Und so sollte es auch bleiben.

„Nein, danke", sagte ich deshalb bestimmt. „*So was* erst recht nicht. Aber lass dich nicht aufhalten."

„Ach, komm schon", sagte Joe Cool. „Du willst mir doch nicht erzählen, dass du mit Leo noch nie einen geraucht hast? In Hamburg haben wir uns mindestens jedes Wochenende was reingezogen."

Was, echt? Leo kiffte? Davon hatte ich bis dahin überhaupt nichts mitgekriegt.

„Vielleicht hat sie ja aufgehört, als sie hierhergezogen ist", überlegte ich laut.

„Glaub ich nicht", entgegnete Joe Cool und zwinkerte mir zu. „Wir haben erst gestern einen geraucht."

Ach, so war das also? Während ich mir gestern nach dem Schwimmbad-Fiasko Sorgen darüber gemacht hatte, ob sie mir jemals verzeihen würde, hatte sie sich mit Joe Cool lustig dem Drogenrausch hingegeben? Was sollte ich denn davon bitte schön halten?

Joe Cool schob sich den Joint zwischen die Lippen und zündete ihn an. Die Papierspitze verbrannte in einer Stichflamme, bevor eine knisternde Glut entstand. Joe Cool zog einmal kräftig, setzte den Joint ab und hielt den Rauch für eine Weile mit geöffnetem Mund zurück, bevor er ihn wohlig seufzend ausblies.

„Wirklich nicht?“, fragte er und streckte mir den Joint erneut entgegen. „Ist echt gutes Zeug. Leos Lieblingssorte.“

Ja, ich weiß. Natürlich hätte ich ablehnen sollen. Aber das mit Leo fuchste mich irgendwie. Vertraute sie mir etwa nicht? Was, wenn sie irgendwann doch mal was mit mir rauchen wollen würde? Wäre es dann nicht besser, vorbereitet zu sein und zu wissen, was mich erwartete?

„Okay, von mir aus“, sagte ich möglichst lässig. „Aber nur ein Mal.“

Ich setzte den Joint an die Lippen und versuchte alles genauso zu machen, wie ich es bei Joe Cool beobachtet hatte. Ziehen, tief einatmen und – husten wie ein Irrer, dem gerade die Lunge explodiert ist.

„Keine Angst“, sagte Joe Cool und klopfte mir mit der flachen Hand auf den Rücken, „das geht gleich vorbei. Spätestens beim dritten Zug macht dir das nichts mehr aus.“

So viel zu meinem festen Vorsatz, nur ein Mal an dem Ding zu ziehen.

Aber Joe Cool hatte Recht: Beim zweiten Zug hustete ich schon weniger und beim dritten so gut wie gar nicht mehr. Doch außer einem unangenehmen Kratzen im Hals hinterließ das alles keine spürbare Wirkung bei mir. Da hatte ich doch mehr befürchtet. Keine Ahnung, was da normalerweise passieren sollte – heftige Halluzinationen, Verlust der Körperkontrolle, Herzrasen, was man eben so alles über die Wirkung von Drogen hört, aber bei mir passierte rein gar nichts.

Erleichtert reichte ich Joe Cool den Joint und versuchte, das Kratzen im Hals mit einem Schluck Apfelwein zu vertreiben, was auch funktionierte.

„Ach“, seufzte Joe Cool. „Das waren schon echt geile Zeiten mit Leo zu Hause in Hamburg. Sie fehlt mir total. Wenn ich nur einen einzigen Wunsch frei hätte, würde ich mir wünschen, dass sie wieder zurückkommt.“

Moment mal, was waren das denn plötzlich für Töne? Das klang nicht gerade nach einem Typ, der einfach nur seine beste Freundin vermisste! Und außerdem kam das ja wohl überhaupt nicht in die Tüte! Seltsamerweise nahm ich diese Offenbarung aber äußerst gelassen und brach nicht in Panik aus.

„Tja, dumm gelaufen“, sagte ich. „Ich bin nämlich keine Fee. Und selbst wenn ich eine wäre, würde ich dir *diesen* Wunsch bestimmt nicht erfüllen.“

„Müsstest du aber“, erwiderte Joe Cool. „Wenn du eine Fee wärst, dann müsstest du mir *jeden* Wunsch erfüllen.“

„Nö. Ist doch meine Sache, welche Wünsche ich erfülle, da hast du gar nichts zu bestimmen.“

„Dann beschwere ich mich bei deinem Chef.“

„Feen haben keinen Chef. Als Fee bin ich mein eigener Chef.“

„Dann such ich mir eben ’ne andere Fee.“

„Keine Chance. Die Konkurrenz hab ich längst weggewünscht. Ich bin sozusagen das Feen-Monopol, und zwar weltweit."

„So ein Mist aber auch."

Wir sahen uns an und fingen beide plötzlich laut an zu lachen. Ich lachte mich fast kaputt. Und immer wenn ich aufhörte, fing Joe Cool wieder an und umgekehrt – das ging bestimmt zehn Minuten so.

Zwischenzeitlich wanderte der Joint noch ein paarmal hin und her, bis Joe Cool ihn schließlich ausdrückte. Und jetzt stellte ich fest, dass ich doch etwas von dem Zeug merkte.

Ein Ausflugsschiff schob sich von rechts in mein

Blickfeld und zuerst freute ich mich darüber wie ein kleines Kind, das zum ersten Mal ein Schiff sieht. Mein Grinsen verging mir allerdings sehr schnell, als aus dem einen plötzlich zwei Schiffe wurden. Ich sah doppelt. Aber nicht nebeneinander, sondern übereinander. Da fuhren doch tatsächlich zwei Schiffe übereinander an mir vorbei, was mein Gehirn offenbar nicht verarbeiten konnte, denn es fing an, sich langsam in meinem Kopf zu drehen – ein ganz und gar ungutes Gefühl. Um mir vor Joe Cool keine Blöße zu geben, kniff ich die Augen zusammen und versuchte, mich zusammenzureißen.

„Sag mal“, hörte ich Joe Cools Stimme, die so klang, als säße er nicht direkt neben mir, sondern fünf Meter entfernt in einem Tunnel aus Watte. „Leo und du ... habt ihr eigentlich schon ... Du weißt, was ich meine.“

Nein, ich wusste nicht, was er meinte. Alles, was ich wusste, war, dass sich mein Gehirn in meinem Kopf immer schneller drehte und dass ich wollte, dass das aufhört.

Ich schaute Joe an und sah zwei übereinandersitzende Joe Cools, die mir zuzwinkerten und dabei eine äußerst eindeutige Geste vollführten, indem sie ihre rechten Zeigefinger wiederholt durch einen von Daumen und Zeigefinger der linken Hand geformten Kreis steckten.

„Nee, bin noch Jungfrau.“

Wie bitte, was?! Wer hatte das gesagt?! Also *ich*

ganz bestimmt nicht! Meine Antwort wäre gewesen: Das geht dich überhaupt nichts an, du blöder Kiffer! Denn so ist es ja wohl. Was hat es denn bitte schön einen Joe Cool zu interessieren, ob Leo und ich schon miteinander geschlafen haben? Schon mal was von Intimsphäre gehört?!

Ich meine, natürlich würde ich sehr gern mit Leo schlafen, und ein paarmal waren wir auch schon kurz davor, aber dann haben wir es doch gelassen, weil es etwas ganz Besonderes sein und nicht mal eben so zwischendurch passieren soll. Mir machte es nichts aus, noch Jungfrau zu sein, echt nicht – schließlich bin ich das schon mein Leben lang.

„Im Ernst?", kommentierte Joe meine Jungfrau-Offenbarung. „Mein Beileid."

„Nicht nötig", erwiderte ich. „Sonst haben wir nämlich schon so ziemlich alles gemacht."

„Ach was?", fragte Joe Cool neugierig. „Was denn so? Erzähl doch mal."

Ich schwöre, ich weiß echt nicht genau, was in diesem Moment mit mir los war. Natürlich würde ich gern alles auf den Apfelwein und das Kiffen schieben, und zu neunzig Prozent lag es wahrscheinlich auch an meinem stark lädierten Zustand. Die restlichen zehn Prozent gingen aber wohl auf mein sich immer stärker drehendes Gehirn, das Joe Cool bewusst und nur allzu

gern unter die Nase reiben wollte, was genau Leo und ich so alles anstellten, wenn wir ungestört waren. Ich wollte Joe zeigen, dass es so einiges gab, was nur *ich* mit Leo teilen durfte. An seiner jahrelang gewachsenen Freundschaft zu ihr würde ich nie vorbeikommen, da war er mir immer voraus. Aber der Rest, all die kleinen Intimitäten und ausgetauschten Zärtlichkeiten, das gehörte nur mir allein – zumindest bis ich Volltrottel ihm alles erzählte.

Was genau ich gesagt habe, weiß ich wirklich nicht mehr, denn von diesem Zeitpunkt an besteht meine Erinnerung nur noch aus Bruchstücken einzelner Szenen.

Ich weiß noch, wie ich mitten in einem Satz plötzlich feststellte, dass sich mein Magen nun ebenfalls anfing zu drehen und ich das gar nicht gut fand. Ich weiß noch, dass man das Sauerkraut in meiner Kotze genau erkennen konnte und ich das irgendwie lustig fand.

Ich weiß noch, dass ich mit Joe Cool in einer U-Bahn saß und die Welt draußen vor dem Fenster viel zu schnell an mir vorbeiflog.

Ich weiß noch, dass Joe Cool mich die Treppen zu unserer Wohnung fast hinauftragen musste, weil ich die Stufen zu wacklig fand.

Dann weiß ich nur noch, dass ich etwa eine Stunde später in meinem Bett aufgewacht bin, weil mein Handy Sturm klingelte. Und das war in jeder Hinsicht ein äußerst böses Erwachen.

Mir war immer noch schwindlig und ich hatte keine Ahnung, wo ich mich befand. Meine Zunge fühlte sich irgendwie taub an und der Geschmack in meinem

Mund ließ darauf schließen, dass ich zuletzt auf einer toten Ratte mit Haarausfall herumgekaut hatte. Ich sammelte alle meine Kräfte und schaffte es nach größter Anstrengung endlich, die Augen zu öffnen.

Das Klingeln hörte auf, ich tastete in meiner Hosentasche nach dem Handy und klappte es auf. Sieben Anrufe in Abwesenheit. Von Leo! Schlagartig war ich wach, wenn auch nicht klarer im Kopf. Die Erinnerung an alles, was passiert war, stellte sich nur in Superzeitlupe wieder ein. Aber dass Leo das Mädchen war, das ich liebte, wusste ich zum Glück noch, und ich rief sie sofort zurück.

Es tutete dreimal laut schallend durch meinen gesamten Schädel, bevor sie dranging.

„Sag mal, du hast sie echt nicht mehr alle, oder?!", zischte sie mir zur Begrüßung entgegen.

„Hi, Leo, ich ...", sagte ich, kam aber nicht weiter.

„Kannst du mir gefälligst mal verraten, was das sollte? Hm?"

„Äh ...", antwortete ich, weil ich keine Ahnung hatte, wovon sie redete.

„Ich hab gedacht, ich kann dir vertrauen!", schimpfte sie weiter. „Und dann so was!"

Ich wusste wirklich nicht, was sie meinte. Im Gegensatz zu ein paar Stunden zuvor stand mein Gehirn absolut still.

„Leo, ich ..."

„Ich meine, natürlich ist Joe mein bester Freund",

fuhr sie fort. „Aber deswegen muss er ja noch lang nicht *alles* wissen!"

Ein Erinnerungsblitz durchzuckte mich. Oh, Scheiße! Nun wusste ich zumindest vage, wovon sie sprach. Und ich konnte es nicht fassen. Von meiner eigenen Dummheit, die mir schlagartig bewusst wurde, einmal abgesehen: Joe Cool hatte es ihr einfach so brühwarm erzählt? Was sollte *das* denn?

„Leo, hör zu, das tut mir …"

„Bist du etwa nur deswegen mit mir zusammen?", ließ sie mich nicht zu Wort kommen. „Um damit angeben zu können, was wir alles Tolles im Bett machen?"

„Nein! Natürlich nicht! Ich …"

„Wem hast du es denn noch alles erzählt?", setzte sie nach. „Ingo? Marie? Der halben Schule?"

„Nein, das würde ich doch nie …"

„Das hätte ich nie von dir erwartet!", keifte sie. „Ich bin so was von enttäuscht! Ach Quatsch, enttäuscht, ich bin stinksauer!"

„Aber Leo, ich …"

„Spar dir deine lahmen Ausreden! Ich will jetzt überhaupt nichts hören, sonst reg ich mich nur noch mehr auf! Scheiße!"

Dann legte sie einfach auf. Und ich fiel kurz darauf wieder ins Koma, wo mich heftigste Albträume heimsuchten, in denen Leo und Joe direkt vor meinen Augen all das machten, wovon ich ihm erzählt hatte.

Als ich einige Stunden später schweißgebadet wieder aufwachte, dachte, glaubte, hoffte ich zuerst, dass ich das Telefongespräch mit Leo auch bloß geträumt hatte. Aber ein Blick auf mein Handy zeigte mir, dass dem leider nicht so war. Nachdem ich mich nach einer kalten Dusche und einem Pott Kaffee einigermaßen gesammelt hatte, versuchte ich natürlich, sie anzurufen, aber sie ging nicht dran.

Seitdem sitze ich hier an meinem Schreibtisch und frage mich unaufhörlich, ob ich noch eine Freundin habe und wie ich Joe Cool am qualvollsten zu Tode foltern kann, sollte er mir jemals wieder unter die Augen kommen. Ich meine, je länger ich darüber nachdenke, umso klarer wird es mir: Dieser Mistkerl ist in Leo verliebt und will sie mir wegnehmen! Jawohl, so ist es! Ganz sicher! Darauf hat er die ganze Zeit über hingearbeitet! Und jetzt ist es ihm wahrscheinlich gelungen, diesem dreckigen, verfluchten …

Vollkommener Blödsinn, Charlie Brown. Dass sie sauer auf dich ist, ist allein deine Schuld, Charlie Brown.

Ach ja?! Ist es das? Oder hat er mich nicht vielleicht doch ganz bewusst und vorsätzlich mit Apfelwein und Drogen abgefüllt und dann genau das Thema angesprochen, das mir den Ärger eingebrockt hat?

Warum sonst hat er Leo denn sofort alles erzählt, was ich gesagt habe? So was macht man doch nicht ohne Grund! Das war ein vertrauliches Gespräch unter Jungs gewesen, da versteht es sich doch von selbst, dass man nichts weitertratscht! Schon gar nicht derjenigen, um die es dabei ging! Es sei denn, man will dem anderen schaden, und genau das wollte dieser Mistkerl!

Das ist allerdings schon ein bisschen seltsam, Charlie Brown. Vielleicht ist an deiner Paranoia doch etwas dran, Charlie Brown.

Und ob da was dran ist, verflucht! Er hat es doch quasi zugegeben! Er hat doch selbst gesagt, dass er Leo unendlich vermisst und dass es sein größter Wunsch wäre, dass sie wieder nach Hamburg zieht. Und um das zu erreichen, muss er mich aus dem Weg räumen. Das war von Anfang an sein Plan! Und jetzt, wo er es geschafft hat, wird er unbarmherzig zuschlagen und sich an sie ranmachen. Seufz.

Wahrscheinlich versucht er es sogar genau in diesem Moment. Viel Zeit bleibt ihm ja nicht mehr. Jede Wette, er wird einen auf verständnisvollen Tröster machen.

Vergiss diesen Comic-Knilch, wird er zu ihr sagen. *Du hast etwas Besseres verdient. Einen, der dich wirklich liebt. Und besser aussieht. Und in Hamburg wohnt.* Und dann wird sie ihren Kopf an seine Schulter legen und er wird ihr sanft über die Haare streicheln und sie tröstend auf die Stirn küssen und dann wird sie ihn ansehen und ihr plötzlich pochendes Herz wird ihr verraten, dass sie schon die ganze Zeit in ihn verliebt war und dann werden ihre Lippen auf seine treffen und … wenn ich mir das noch weiter ausmale, fange ich sofort wieder an zu kotzen. Riesengroßes Doppel-Seufz.

MITTWOCH

DER FARBLOSE RITTER WAR AM ENDE. ER WÜRDE SEINE ÜBER ALLES GELIEBTE PRINZESSIN LEO AN DEN RUCHLOSEN RIVALEN VERLIEREN UND KONNTE NICHTS DAGEGEN TUN.

BEVOR ER JEDOCH ALLE HOFFNUNG FAHREN LIESS, FAND IHN SEIN TREUER FREUND UND KAMPFGEFÄHRTE HIPHARDT UND FLÖSSTE IHM NEUEN MUT EIN. GEMEINSAM WÜRDEN SIE DEN FINSTEREN PRINZEN BESIEGEN UND IN SCHIMPF UND SCHANDE FÜR IMMER AUS DEM REICH VERTREIBEN!

UNSEREN BEIDEN HELDEN WAR BEWUSST, DASS SIE IHREN GEGNER NUR MIT SEINEN EIGENEN WAFFEN SCHLAGEN KONNTEN: MIT LIST UND TÜCKE. ZU DIESEM ZWECKE BEDIENTEN SIE SICH EINES MÄCHTIGEN TARNZAUBERS, DER SIE FÜR FREMDE AUGEN UNSICHTBAR WERDEN LIESS.

HIPHARDT UND DER FARBLOSE RITTER MACHTEN SICH AUF DIE SUCHE NACH IHREM WIDERWÄRTIGEN WIDERSACHER UND FANDEN IHN ALSBALD – FROH GELAUNT UND SCHAMLOS DIE ERNTE SEINER TEUFLISCHEN SAAT EINFAHREND.

ES GALT, KEINE ZEIT ZU VERLIEREN! HIPHARDT HATTE BEREITS EINE ÄUSSERST RISKANTE, ABER BRILLANTE IDEE, UM DEN VERHASSTEN PRINZEN IN EINE FALLE ZU LOCKEN.

DOCH ...

Sorry, aber ich kann jetzt gerade nicht weiterzeichnen. Ich hatte gedacht, es hilft irgendwie, das alles lustig verpackt auf Papier zu bannen. Aber was hilft schon wirklich gegen ein zerfetztes Herz? Vor allem, wenn man bei der Zerstörung noch kräftig mitgeholfen hat. Ich bin so ein Idiot. Der größte Trottel, den die Welt je gesehen hat. Wenn Dummheit stinken würde, wäre ich ein Mount Everest aus Elefantenscheiße. Verglichen mit mir ist …

Wir haben verstanden, Charlie Brown. Es geht dir nicht gut, Charlie Brown.

Nicht gut? Das ist wohl die gewaltigste Untertreibung seit Menschengedenken! Wenn es mir nur *nicht gut* geht, verbringt ein frisch von einem Bus überfahrener Regenwurm gerade die Zeit seines Lebens. Hätte mir jemand das Herz mit bloßen Händen aus der Brust gerissen, eine Atombombe in das Loch gestopft und sie gezündet, *dann* würde es mir *nicht gut* gehen. Oder …

Wir haben's kapiert, Charlie Brown! Dir geht es verdammt dreckig, Charlie Brown!

Ja, das trifft es schon eher. Unfassbar dreckig. So dreckig wie …

Ist gut jetzt, Charlie Brown! Hör auf zu jammern und erzähl lieber, warum es dir so dreckig geht, Charlie Brown!

Seufz. Na gut. Wenn's unbedingt sein muss. Aber schön wird das nicht, so viel steht fest.

Nachdem ich heute Vormittag erneut versucht hatte,

Leo anzurufen (acht Mal) und sie nicht drangegangen ist, habe ich ihr einige SMS (dreizehn) geschickt, die aber auch unbeantwortet blieben.

Gegen Mittag beschloss ich dann, es mit einer ausführlichen E-Mail zu versuchen – schließlich hatten wir uns so ja kennen- und lieben gelernt. Ich grübelte gerade am Schreibtisch sitzend über dem Anfang der Mail, als die Tür hinter mir aufging und eine vertraute Stimme erklang.

„Hey-ho! Alles im Plus …“

Oh nein. Bitte nicht. Nicht das MarIngo!

Wenn meine trostlose Gemütslage zu diesem Zeitpunkt eine Sache überhaupt nicht gebrauchen konnte, dann waren das zwei heftig turtelnde und sich ständig direkt vor meinen Augen abschlabbernde Schwerverliebte.

„… ohne Fahrer im Bus?“

Moment mal, was war *das* denn? Ich hatte natürlich fest damit gerechnet, dass Marie Ingos Spruch vervollständigen würde. Aber für ein Engelchen klang diese Stimme doch verdächtig tief nach Mausebär. Dafür gab es nur zwei mögliche Erklärungen: Entweder hatte Marie in der Zwischenzeit eine Phobie in Bezug auf ihre eigene Stimme entwickelt oder dem MarIngo fehlte eine Hälfte.

Ein kurzer Blick über meine Schulter bestätigte Variante Nummer zwei: Ingo war tatsächlich allein, weit und breit keine Marie in Sicht.

„So allein?“, wunderte ich mich. „Marie hat doch hoffentlich nicht plötzlich eine Ingo-Phobie?“

„Nein, keine Sorge“, sagte er lachend. „Heute ist Ärzte-Tag, von morgens bis abends. Kardiologe, Psychologe, Gynäkologe, Virologe, Epidemiologe, Radiologe, das komplette Programm, macht sie einmal im Monat. Aber du wirst lachen, ein Mal hatte sie echt Angst vor mir, als sie mich in meiner grünen *Lil-Wayne*-Boxershorts gesehen hat.“

„Da hätte wohl jeder Angst gekriegt“, bemerkte ich.

„Lag ja nicht an mir“, erklärte er. „War der Farbkontrast von dem Grün zu meiner Haut, das hat sie an irgendwas mit ihrer Oma erinnert. Als ich das Ding ausgezogen hatte, war wieder alles in Ordnung und wir ...“

„Halt! Stopp!“, unterbrach ich ihn schnell. „Bitte keine weiteren Details über Dinge, die passieren, wenn ihr wenig anhabt! Glaub mir, ist zu deinem Besten, das führt nur zu Ärger.“

„Wieso?“, wollte Ingo wissen. „Was ist denn passiert? Du wirkst nicht gerade krass gut gelaunt. Stress mit Leo?“

„Wenn's nur Stress wäre“, seufzte ich. „Ich fürchte, es ist schlimmer.“

Ich erzählte ihm die Kurzversion des gestrigen schicksalhaften Tages – Joe Cool, essen, Schrankwand, Apfelwein, Kiffen, zu viel Quatschen, Telefonat mit Leo.

„Ach du Scheiße“, war Ingos Fazit. „Und jetzt?“

„Gute Frage, nächste Frage“, seufzte ich. „Was kann ich schon machen außer warten und beten? Entweder sie regt sich wieder ab und verzeiht mir oder das war's.“

„Und Joe Cool?“, fragte Ingo. „Ich meine, wenn du Recht hast, macht er sich gerade an deine Freundin ran!“

„Hör auf“, knurrte ich. „Das will ich mir gar nicht vorstellen.“

„Ja, aber das kannst du doch nicht einfach so hinnehmen, Alder! Da musst du doch etwas dagegen unternehmen!“

„Was kann ich denn da schon großartig unternehmen?“, seufzte ich. „Wenn sich Leo für ihn entscheidet, dann ist es eben so. Dann liebt sie nicht mich, sondern ihn. Das liegt doch nicht in meiner Macht.“

„Aber du musst es doch wenigstens versuchen!“, erwiderte Ingo. „Du musst sie davon überzeugen, dass *du* der Richtige für sie bist, nicht dieser Penner! Du musst um sie kämpfen! Sonst denkt sie doch, es ist dir scheißegal, und dann hast du erst recht keine Chance mehr!“

„Ach, das bringt doch nichts“, sagte ich resigniert.

„Aber hier blöd rumsitzen und flennen, das bringt was, oder wie?!“

„Was soll ich denn machen?“, sagte ich verzweifelt. „Ihm aufs Maul hauen? Sorry, aber dafür bin ich einfach nicht der Typ.“

„Nein, das würde auch nichts bringen“, sagte Ingo. „Erstens hast du keine Chance und zweitens glaube ich nicht, dass Leo das so toll fände. Außerdem müsste man ja erst mal herausfinden, ob da wirklich etwas läuft zwischen den beiden.“

„Na super! Und wie willst du das anstellen? Sie heimlich beschatten?“

„Hm“, machte Ingo und kratzte sich nachdenklich am Kinn. „Gar keine so schlechte Idee. Weißt du, was die beiden heute vorhaben?“

„Das kann nicht dein Ernst sein“, sagte ich. „Das war doch nur ein Witz, Ingo! Wir sind doch nicht beim FBI hier!“

„Weißt du's, oder weißt du's nicht?“, fragte er, meine letzte Bemerkung ignorierend. „Ich meine, wenn sie zu Hause bleiben, können wir's vergessen. Aber wenn sie irgendwas unternehmen, haben wir sie. Also, weißt du, ob sie irgendwas machen?“

„Keine Ahnung, aber …“

„Kein Problem, das krieg ich raus“, unterbrach er mich. „Moment.“

Er zückte sein Handy und fing an, wie wild darauf herumzutippen.

„Das ist doch Schwachsinn, Ingo“, stöhnte ich. „Was soll das denn …“

„Scht!“, zischte er. „Ich muss mich konzentrieren. Marie hat Angst vor schlechter Rechtschreibung. Da glaubt sie immer, mit ihren Augen stimmt was nicht.“

Da ich wusste, dass er sich sowieso nicht aufhalten lassen würde, hielt ich meinen Mund und beobachtete stumm, wie er scheinbar einen kompletten Roman in sein Handy tippte.

„So“, sagte er, als er fertig war und auf *Senden* gedrückt hatte. „Ich hab Marie geschrieben, sie soll Leo schreiben und fragen, was sie heute macht, weil sie sich gern mit ihr treffen würde. Wenn wir Glück haben, antwortet Leo schnell und wir wissen gleich Bescheid.“

„Und was soll das bitte schön bringen?“, fragte ich. „Du willst doch wohl nicht ernsthaft heimlich hinter Leo und Joe herschleichen, um sie zu beobachten?“

„Willst du wissen, ob da was läuft zwischen Leo und Joe?“, fragte er zurück.

„Ja, schon, aber …“

„Nix *aber*, Alder. Du willst es wissen, also müssen wir es herausfinden. Und am schnellsten finden wir das heraus, wenn wir sie beobachten. Oder hast du eine bessere Idee?“

„Nein“, musste ich kleinlaut zugeben. „Aber …“

„Na also“, würgte mich Ingo ab. „Dann machen wir das. Vorausgesetzt wir kriegen raus, wo sie sind.“

Die nächsten Minuten verbrachten wir damit, gespannt auf Ingos Handy zu starren. Insgeheim hoffte ich, dass Marie nichts herausfinden würde, damit mir das erspart blieb. Die Vorstellung, Leo heimlich hinterherzuspionieren, verursachte ein ungutes Gefühl in meiner Magengegend. Es fühlte sich irgendwie nicht richtig an. Andererseits wollte ich natürlich unbedingt wissen, was nun Sache war. Und wenn das die einzige Möglichkeit war, um Klarheit zu kriegen, würde ich mich wohl oder übel darauf einlassen.

Ingos Handy piepte. Er öffnete die SMS und las stumm.

„Yes, Alder!“, sagte er breit grinsend. „Marie hat’s geschafft! Leo schreibt, sie ist gerade mit Joe auf der Zeil Klamotten shoppen. Und in ungefähr einer halben Stunde wollen sie eine Pause machen und irgendwo einen Kaffee trinken. Sie hat gefragt, ob Marie dann dazustoßen will, aber Marie hat geantwortet, das wäre zu früh für sie. Gut gemacht, Marie. Du bist echt die Beste.“

Er tippte eine Antwort an Marie in sein Handy und schickte die Nachricht ab.

„Alles klar“, sagte Ingo und klatschte aufmunternd in die Hände. „Lass uns abhauen. So viele Cafés gibt es in der Nähe der Zeil bestimmt nicht, die finden wir!“

Das flaue Gefühl in meinem Magen wurde stärker. Wollte ich das wirklich?

„Aber …“, sagte ich. „Aber was ist, wenn sie uns entdecken? Wenn Leo mitkriegt, dass ich ihr hinterherschnüffle, kann ich mich gleich begraben lassen, das würde sie mir nie verzeihen.“

„Okay, das stimmt natürlich“, gab Ingo zu. „Ist aber ein lösbares Problem. Warte kurz, bin gleich wieder da!“

Er stürmte aus dem Zimmer und aus unserer Wohnung. Verdammt, was hatte er jetzt bloß wieder vor?

Keine fünf Minuten später kam er zurück und warf mir einen Haufen Klamotten vor die Füße.

„Hier“, sagte Ingo auffordernd. „Such dir was raus. Hab ich alles ewig nicht angehabt, darin erkennt dich Leo nie im Leben. Aber nicht den Mantel, der ist von meinem Vater, den nehme ich.“

Er griff nach einem grauen Mantel, zog ihn über und schloss den Gürtel. Der Mantel reichte ihm bis knapp über die Knöchel und verhüllte alles, was er darunter anhatte. Dann tauschte er seine Basecap gegen einen altmodischen Hut, der vermutlich ebenfalls seinem Vater gehörte.

„Na, wie seh ich aus?“, wollte er wissen.

„Wenn du dir noch einen Schnurrbart anklebst, siehst du aus wie Inspektor Clouseau“, sagte ich und musste kichern. „Ein zutiefst perverser Inspektor Clouseau.“

„Perfekt!“, sagte Ingo. „So erkennt mich Leo im Leben nicht. Los, jetzt du!“

Ich blickte skeptisch auf die Klamotten zu meinen Füßen und zögerte. Die Auswahl war beängstigend. Sie bestand hauptsächlich aus unterschiedlich grellfarbenen Footballtrikots, Kapuzenpullis und Jogginghosen. Ich entdeckte erleichtert eine schwarze Jeans darunter und griff zaghaft danach.

„Die ist viel zu groß“, stellte ich fest, nachdem ich sie angezogen hatte.

„Mann, das ist Baggy-Style, Alder“, stöhnte Ingo. „Das muss so sein.“

„Die sind aber so baggy, dass ich sie festhalten muss“, erwiderte ich.

„Jetzt stell dich nicht dümmer an, als du bist“, sagte Ingo. „Was denkst du, wofür der Gürtel hier da ist, Alder?“

Er zog einen Gürtel mit einer kuchentellergroßen, silbern blitzenden *50-Cent*-Gürtelschnalle aus dem Haufen und reichte ihn mir. Das Ding wog ungelogen mindestens eine Tonne, erfüllte aber seinen Zweck – die Hose hielt.

Ich schnappte mir ein lila Footballtrikot. Es hatte gelbe Streifen an den Ärmeln, eine riesige 22 auf der Brust und einen enormen Vorteil: Es war so groß, dass es die hässliche Gürtelschnalle fast komplett verdeckte.

„Okay, jetzt noch die hier, dann ist es perfekt“, sagte Ingo und stülpte mir eine knallgrüne Basecap über den Kopf.

Ich öffnete meinen Kleiderschrank und betrachtete mich im Spiegel an der Innenseite der Tür.

„Ach du Scheiße“, sagte ich, von meinem eigenen Spiegelbild angewidert. „So würde ich mich normalerweise nicht mal zu Fasching raustrauen.“

„Was denn?“, wunderte sich Ingo aufrichtig. „Ist doch endgeil! Und so erkennt dich Leo nicht mal, wenn du direkt vor ihr stehst. Zieh die Kappe noch ein bisschen tiefer ins Gesicht.“

Ich folgte seiner Aufforderung und musste zugeben, dass Ingo Recht hatte: In diesem lächerlichen Aufzug hätte ich mich selbst nicht erkannt.

„Alles klar“, sagte Ingo und klatschte wieder enthusiastisch in die Hände. „Bist du bereit?“

„Nein, eigentlich nicht“, seufzte ich. „Denkst du wirklich, das ist eine gute Idee?“

„Das werden wir wohl erst wissen, wenn wir es probiert haben“, antwortete er. „Los, komm schon.“

Er zog mich am Ärmel hinter sich her in den Flur. Vor unserer Wohnungstür fiel sein Blick auf den Altpapierstapel, dessen Höhe mich daran erinnerte, dass ich ihn schon lang hatte entsorgen wollen.

„Moment“, sagte Ingo und blieb stehen.

Er zog zwei Ausgaben der *Frankfurter Rundschau* aus dem Stapel, rollte sie zusammen und drückte mir eine davon in die Hand.

„Was willst du denn damit?“, fragte ich verwundert. „Joe Cool verkloppen, falls er uns entdeckt?“

„Quatsch, du Blödmann“, erwiderte Ingo. „Noch nie einen alten Detektivfilm gesehen? Zack, zwei Löcher für die Augen rausgerissen, und fertig ist die perfekte Tarnausrüstung. Unauffällig, aber effektiv.“

„Ja, genau“, sagte ich lachend und tippte mir an die Stirn. „Sonst noch was? Vergiss deine Lupe und das Fernglas nicht, Herr Meisterdetektiv.“

„Lach du nur“, erwiderte Ingo. „Wirst schon sehen, nachher bist du mir vielleicht dankbar dafür. Ich denke wenigstens mit. Und ich mach das ja nicht zum Spaß, es geht schließlich um deine Freundin, nicht um meine.“

„Ja, sorry, hast ja Recht“, sagte ich kleinlaut. „Bin dir auch echt dankbar für die Unterstützung.“

„Papperlapapp, ist doch selbstverständlich“, erwiderte Ingo. „Wirst schon sehen, das kriegen wir wieder hin. Jetzt steck die Zeitung ein und lass uns abhauen.“

Eine Stunde später standen Ingo und ich ziemlich ratlos an dem großen Brunnen auf der Zeil.

„Hm, das hatte ich mir doch irgendwie einfacher vorgestellt“, sagte Ingo.

Ich mir auch. Wir waren die komplette Zeil bereits zweimal hoch- und runtergelatscht, hatten ein paar Seitenstraßen hinter der Konstabler abgeklappert und es gezielt in der Nähe zweier Läden versucht, von denen ich wusste, dass Leo dort gern Klamotten einkaufte – alles ohne Erfolg.

So ganz unglücklich war ich darüber allerdings nicht. Jedes Mal, wenn Ingo meinte, die beiden entdeckt zu haben, machte sich das flaue Gefühl in meinem Magen wieder breit und ich atmete erleichtert auf, wenn sich seine Entdeckung als Trugschluss herausstellte.

„Vielleicht ist das ja ein Zeichen“, sagte ich. „Vielleicht *sollen* wir die beiden gar nicht finden.“

„Blödsinn, Zeichen“, brummte Ingo. „Die sind hier irgendwo, hundertpro. Lass uns mal da runtergehen, da waren wir noch nicht.“

„Von mir aus“, seufzte ich. „Dann kann ich wenigstens gleich mal im Comicladen auf der Berliner reinschauen, da war ich ewig nicht mehr.“

Wir liefen langsam in Richtung Berliner Straße, als Ingo mich plötzlich festhielt und nach unten hinter ein geparktes Auto zerrte.

„Da sind sie!“ zischte er mir zu.

„Was?! Wo?“, zischte ich zurück und sah mich panisch um.

 „Da in dem Café. Auf der anderen Straßenseite“, sagte Ingo. „Sie sitzen draußen.“

„Bist du dir sicher?“, wollte ich wissen und hob meinen Kopf, um über die Motorhaube des Autos spähen zu können.

Tatsache, diesmal hatte er sich nicht verguckt. Gegenüber von uns, nur etwa fünfzig Meter entfernt, saßen Leo und Joe Cool an einem Tisch vor der großen Stadtbibliothek. Mein Magen zog sich unweigerlich zusammen.

„Scheiße, das sind sie echt!“, stellte ich entsetzt fest. „Was machen wir denn jetzt?“

„Keine Panik“, flüsterte Ingo und sah sich hektisch um. „Hier können wir jedenfalls nicht bleiben, zu auffällig.“

Das stimmte allerdings. Einige der Leute, die an uns vorbeiliefen, sahen uns bereits sehr skeptisch an.

„Okay, pass auf“, flüsterte Ingo. „Bei drei stehen wir gleichzeitig auf, laufen ganz normal bis zur Straßenecke da vorne und biegen links ab. Von dort aus dürften sie uns nicht sehen, aber wir können sie beobachten. Hast du die Zeitung noch?“

„Ich werde mich nicht mit einer durchlöcherten Zeitung an eine Straßenecke stellen, Ingo!“, protestierte ich entschieden. „Dann liefern sie uns gleich in die nächste Klapse ein!“

„Schon gut, schon gut“, erwiderte Ingo. „Wird auch ohne gehen. Bist du bereit?“

Ich nickte.

„Okay. Eins … zwei … drei!“

Wir sprangen auf und rempelten dabei fast eine ältere Frau um.

„Unauffällig!“, zischte Ingo. „Nicht rübergucken!“

Erst als wir uns sicher waren, außer Sichtweise des Cafés zu sein, blieben wir stehen.

„Sehr gut“, sagte Ingo grinsend. „Läuft doch wie am Schnürchen. Jetzt lass uns mal gucken, was da drüben so abgeht.“

Leo und Joe Cool saßen sich gegenüber, auf einem Stuhl zwischen ihnen standen mehrere Einkaufstüten. Die beiden unterhielten sich, wobei Leo mehr zu reden schien als Joe, denn der nickte nur ab und zu oder schüttelte den Kopf.

„Worüber reden die?“, fragte Ingo leise.

„Woher soll *ich* das denn wissen?“, erwiderte ich. „Bin ich Superman? Hab ich ein Supergehör?“

„Mist. Wir müssen näher ran“, wisperte Ingo.

„Und wie willst du das anstellen?“, fragte ich und zeigte auf die Zeitung unter seinem Arm. „Willst du dich hinter deiner Wunderwaffe verstecken und dich einfach zu ihnen an den Tisch setzen?“

„Soll ich?“, fragte Ingo zurück. „Ich bring das, gar kein Problem.“

Er fing an, die Zeitung aufzurollen.

„Spinnst du? Das hab ich doch nicht ernst gemeint!“

„Och, Menno“, brummelte Ingo leicht eingeschnappt und schob die Zeitung zurück unter seinen Arm.

Ich konzentrierte mich wieder auf das Geschehen

auf der anderen Straßenseite. Jetzt hörte Leo zur Abwechslung mal Joe Cool zu. Das ging eine ganze Weile so, bis Leo plötzlich aufstand und ihre Arme ausbreitete. Joe Cool stand ebenfalls auf, schob den Stuhl, der zwischen den beiden stand, zur Seite und schlang seine Arme um Leo. Sie lächelte, das konnte ich deutlich sehen. Und dann küsste sie ihn. Zwar nur auf die Wange, aber sie küsste ihn. Sie drückte ihn ganz fest an sich und küsste ihn!

„Ach du Scheiße“, hörte ich Ingo neben mir flüstern. „Siehst du das?“

Blöde Frage. Wenn ich es nicht gesehen hätte, wäre mein Herz ja wohl kaum begleitet von einem stechenden Schmerz plötzlich stehen geblieben. Ich hätte nie gedacht, dass es so wehtun konnte, Recht zu haben. Nun waren meine schlimmsten Befürchtungen und Albträume also amtlich: Leo hatte sich für Joe Cool entschieden. Und ich war zu nichts anderem fähig, als mir die größte Katastrophe meines Lebens fassungslos anzuschauen. Sie umarmten sich immer noch. Ich wollte nicht länger hinsehen. Aber ich war starr vor Entsetzen und nicht dazu in der Lage, meine Augen zu schließen oder meinen Kopf abzuwenden. Erst als ich direkt neben meinem Ohr wiederholt ein Klicken vernahm, löste sich meine Starre. Ich drehte mich nach links und schaute direkt in Ingos Handy. Es klickte erneut. Ich sah Ingo fragend an.

„Beweisfotos“, sagte er mit ernster Miene.

„Na super“, seufzte ich. „Genau das, was mir noch gefehlt hat.“

Mein Blick ging zurück zu Leo und Joe Cool. Leo lächelte. Gott, wie ich Leos Lächeln vermissen würde! Und ihre Stimme. Und ihre Lippen. Und ihre Hände. Und einfach alles. Nichts würde so sein wie vorher. Vor Leo war ich ein Nichts. Ab jetzt würde ich ein Nichts sein, das alles verloren hatte, also weniger als nichts.

„Da, sie gehen!“, zischte Ingo mir zu.

Tatsächlich, Joe Cool hatte sich die Einkaufstüten geschnappt und die beiden schlenderten langsam auf uns zu und vorbei in Richtung Zeil.

Ich drehte mich schnell um. Auch wenn es jetzt eigentlich egal war, ich wollte nicht, dass sie mich sah. Und ich wollte sie nicht mehr sehen. Nicht zusammen mit Joe Cool. Ich wollte nur noch nach Hause und mich in meinem Bett vergraben. Ganz tief. Am besten bis zum Mittelpunkt der Erde.

„Los, hinterher!“, sagte Ingo und zerrte an meinem Ärmel.

„Nein, danke“, brummte ich. „Ich hab genug.“

„Hast du nicht“, erwiderte Ingo. „Vielleicht wird’s ja noch krasser!“

„Und du glaubst, das will ich sehen?“

„Je mehr du siehst, desto schneller kommst du drüber weg“, bekam ich zur Antwort. „Nennt sich Schocktherapie. Ist nur zu deinem Besten, glaub mir.“

Ich glaubte ihm zwar nicht, war aber einfach zu leer,

um Widerstand zu leisten, und ließ mich von Ingo mitschleifen.

Wir hielten ungefähr dreißig Meter Abstand und folgten den beiden die Zeil hinunter in Richtung Hauptwache.

„Guck mal“, sagte Ingo in dem kläglichen Versuch, mich aufzuheitern. „Sie halten überhaupt nicht Händchen oder so. Vielleicht war das ja nur eine freundschaftliche Umarmung.“

„Glaubst du doch selbst nicht“, murrte ich. „Haben *wir* uns etwa schon mal so umarmt?“

„Stimmt auch wieder“, musste Ingo zugeben. „Aber wir sind ja auch zwei Männer, da ist das was anderes.“

„Leo steht allgemein nicht so auf Händchen halten in der Öffentlichkeit“, sagte ich. „Das hat also nichts zu be…“

„Da!“, unterbrach mich Ingo. „Sie gehen in den Kaufhof! Schnell, wir dürfen sie nicht aus den Augen verlieren!“

Er beschleunigte seine Schritte, ich folgte ihm langsam.

Als ich den Laden betrat, wartete Ingo bereits ungeduldig am Eingang auf mich.

„Jetzt trödel doch nicht so rum!“, stöhnte er. „Los, komm! Sie sind gerade mit der Rolltreppe nach oben gefahren!“

Wir nahmen ebenfalls die Rolltreppe in den ersten Stock. Oben angekommen sah sich Ingo hektisch um.

„Sie sind nicht hier“, stellte er fest. „Weiter nach oben.“

Im zweiten Stock blieben wir wieder stehen und Ingo ließ seinen Blick schweifen. Dann zog er mich zur Seite hinter einen großen Kleiderständer.

„Da sind sie!“, flüsterte er aufgeregt.

Jetzt sah ich sie auch. Joe Cool stellte gerade die Einkaufstüten ab und griff dann nach einem schwarzen Hemd. Er betrachtete es prüfend, hielt es sich vor den Oberkörper und drehte sich zu Leo, die daraufhin den Kopf schüttelte.

„Wir müssen näher ran“, flüsterte Ingo mir zu. „Los, komm.“

Er duckte sich und zog mich am Ärmel hinter sich her in Schlangenlinien vorbei an etlichen Kleiderständern. Als wir schließlich anhielten, waren wir von Hunderten BHs, Slips und Tangas umgeben. Ingo hatte uns geradewegs in die Dessousabteilung manövriert.

„Ui!“, sagte er, als er bemerkte, wo wir uns befanden, und zeigte staunend auf einen der BHs. „Da passen die von Marie dreimal rein! Und so klein sind die nicht.“

Da ich keinerlei Bedürfnis verspürte, mir eine noch detailfreudigere Schilderung von Maries Brüsten anzuhören, wandte ich mich ab und sah wieder zu Leo und Joe Cool.

Der miese Freundinnen-Räuber hielt sich inzwischen ein anderes schwarzes Hemd vor die Brust. Leo wiegte den Kopf und nickte schließlich. Sie zeigte auf eine Reihe von Umkleidekabinen und Joe Cool steuerte mit dem Hemd darauf zu. Leo widmete sich einem Kleiderständer mit reduzierten Oberteilen.

„Hier, halt mal“, wisperte Ingo und drückte mir seine Zeitung in die Hand. „Ich hab eine Idee.“

Er griff nach einem der BHs, die hintereinander auf winzigen Kleiderbügeln aus Plastik hingen.

„Was soll das werden?“, fragte ich nervös. „Mach bloß keinen Scheiß!“

„Bin gleich wieder da!“, zischte er. „Warte hier!“

Er nahm den Kleiderbügel mit dem BH in den Mund, begab sich auf alle viere und krabbelte los. Mein Herz fing an, gegen meinen Kehlkopf zu wummern, und kalter Schweiß trat mir auf die Stirn. Verdammt, was hatte er bloß vor?

Ich schlich tief gebückt hinter ihm her, bis ich seinen wackelnden Hintern sah. Leo stand mit dem Rücken zu ihm, er bewegte sich direkt auf sie zu. Wenn sie sich jetzt nur für einen klitzekleinen Moment umdrehen würde, wäre Inspektor Clouseau mit dem BH im Mund geliefert – und ich mit ihm.

Ingo steuerte die Einkaufstüten an, die Joe Cool bei dem Kleiderständer mit den Hemden abgestellt hatte. Dann nahm er den BH aus dem Mund, ließ ihn in eine der Tüten gleiten und krabbelte rückwärts zu mir zurück. Ich sah ihn mit großen Augen an, aber Ingo sagte nichts, sondern zog mich wortlos zur Rolltreppe.

Als wir wieder auf dem Weg nach unten waren, grinste mich Ingo breit an.

„Und, geil oder?“, sagte er stolz.

„Wie, geil?“, fragte ich. „Was, geil? Was sollte das denn?“

„Oh Mann, Alder“, stöhnte er. „Du raffst aber auch gar nichts! Was glaubst du, was passiert, wenn Joe Cool gleich mit dieser Tüte durch den Ausgang spaziert?“

Da ich immer noch nicht kapierte, worauf er hinauswollte, sah ich ihn verwirrt an.

„Die Diebstahlsicherung, Alder!“, sagte er. „An den Klamotten sind doch überall diese Plastikdinger dran! Und wenn er damit den Laden verlässt, fängt es ganz laut an zu piepen und die Security kommt angerannt und kassiert ihn ein!“

„Und was soll das bringen?“, wollte ich wissen.

„Was glaubst du, wie toll es Joes Eltern finden werden, wenn sie davon erfahren?“, sagte Ingo. „Die Eltern werden bei so was immer informiert. Und sie werden natürlich sofort Leos Vater anrufen und ihm vorwerfen, nicht gut auf ihren Sohn aufgepasst zu haben. Und was denkst du, wie groß Joes Chancen dann sind, jemals wieder nach Frankfurt kommen zu dürfen? Hm?“

„Okay, das mag ja sein“, seufzte ich, „aber das ändert doch nichts daran, dass Leo sich für ihn und gegen mich entschieden hat.“

„Und ob das was ändert!“, erwiderte Ingo. „Ich sag

nur: aus den Augen, aus dem Sinn. Wenn er nicht mehr hierherkommen darf, werden die beiden sich nur verdammt selten sehen. Aber dich sieht sie jeden Tag in der Schule, und dann erinnert sie sich an die schönen Zeiten mit dir und ratzfatz seid ihr wieder zusammen. Problem gelöst."

„Ach, ich weiß nicht", seufzte ich wieder.

„Hey, du hast doch nichts zu verlieren, oder? Und es wird auf jeden Fall ein Riesenspaß, gleich zu sehen, wie dieser Mistkerl abgeführt wird, weil er einen BH geklaut hat."

Auch wenn ich eigentlich sonst nicht der Typ für kindische Racheaktionen war, musste ich mir eingestehen, dass ich mich tatsächlich ein bisschen auf Joe Cools dummes Gesicht freute, wenn er feststellte, dass er einen BH geklaut hatte.

Wir postierten uns im Erdgeschoss hinter einer strategisch perfekt gelegenen Werbetafel, von der aus wir die Rolltreppe und den Ausgang im Blick hatten. Es dauerte ungefähr zehn ewig lange Minuten, bis Ingo mich wieder einmal am Ärmel zupfte.

„Da!", zischte er und zeigte auf die Rolltreppe. „Sie kommen!"

Leo stand neben Joe Cool, er trug in einer Hand die Tüten und in der anderen das schwarze Hemd, das er offenbar kaufen wollte.

Unten angekommen drehten die beiden ab in Richtung Kasse, die wir leider nicht sehen konnten. Kurz darauf tauchten sie hinter einem Parfümregal wieder auf.

„Gleich!", flüsterte Ingo und rieb sich diebisch die Hände. „Gleich ist er dran!"

Und tatsächlich: Als Leo und Joe Cool die Diebstahlsensoren passierten, ertönte ein lautes, durchdringendes Pfeifen.

„Es hat geklappt!", jubelte Ingo leise. „Wie geil!"

Leo und Joe Cool blieben stehen und sahen sich verwundert an. Noch im selben Moment flitzten aus unterschiedlichen Richtungen zwei Männer in blauen Uniformen auf sie zu. Der eine schnappte sich Leo am Arm, der andere versperrte Joe Cool den Weg nach draußen. Und dann sah ich es.

„Ach du Scheiße!", entfuhr mir ein gedämpfter Schrei des Entsetzens.

Die Tüte mit dem BH befand sich plötzlich nicht mehr in Joe Cools Hand, sondern in Leos! Sie musste die Tüten übernommen haben, als Joe Cool an der Kasse bezahlt hatte.

„Oh fuck!", zischte Ingo. „Nicht gut."

„Nicht gut?!", erwiderte ich und sah ihn ungläubig an. „Das ist eine Katastrophe!"

„Erst mal abwarten, was passiert", versuchte Ingo, mich zu beruhigen. „Vielleicht finden die das Ding ja gar nicht."

Einer der Security-Typen zeigte auf Joe Cools Tüte. Joe Cool zog das Hemd und den Kassenzettel heraus und reichte beides dem Uniformierten. Nachdem dieser das Hemd gründlich inspiziert hatte, schüttelte er den Kopf und gab es Joe Cool zurück. Sein Kollege zeigte auf die Tüten in Leos Hand, Leo gab sie ihm bereitwillig. Keine zehn Sekunden später zog er den Auslöser des Piepalarms hervor und ließ ihn mit vorwurfsvoller Miene vor Leos Nase hin und her baumeln. Leos Gesicht verzog sich zu einem aufrichtig überraschten Staunen, bevor sie heftig den Kopf schüttelte. Die Security-Typen überzeugte das offenbar nicht, denn sie nahmen Leo von links und rechts in die Zange und zogen sie zurück in den Laden. Joe Cool folgte ihnen.

„Ich hab das Ding nicht geklaut!“, hörte ich Leo jetzt schreien. „Gucken Sie sich doch mal die Größe an! Das passt mir doch überhaupt nicht! Was soll ich denn damit?“

Die Wachmänner zogen sie unbeeindruckt weiter. Ihnen war auch kein Vorwurf zu machen. Solche Unschuldsbeteuerungen bekamen sie mit Sicherheit von jedem Ladendieb zu hören.

Schuld an dem ganzen Schlamassel waren allein Ingo und ich. Vor allem ich. Ich hatte von Anfang an gewusst, dass diese ganze Beschattungsaktion eine bescheuerte Idee gewesen war, hatte mich aber nicht entschieden dagegen gewehrt. Und jetzt saß Leo meinetwegen unschuldig metertief in der Patsche. Das durfte ich auf keinen Fall zulassen.

Ich wollte mich gerade in Bewegung setzen, aber Ingo hielt mich zurück.

„Was hast du vor?“, fragte er.

„Ich gehe jetzt da hin und kläre das auf“, antwortete ich.

„Aber das kannst du doch nicht machen!“, erwiderte er. „Wenn du da jetzt hingehst, erfährt sie doch, dass wir ihr hinterherspioniert haben! Und was glaubst du, wie sauer sie dann sein wird?“

„Ich weiß“, seufzte ich und zuckte hilflos mit den Schultern. „Geht eben nicht anders.“

„Aber dann …“

Ich riss mich von ihm los und rannte Leo und den Security-Typen hinterher.

„Halt! Stopp!“, rief ich laut und riss fast einen Kleiderständer um. „Sie hat nichts gemacht!“

Leo drehte sich zu mir um, schien mich aber nicht zu erkennen und bezog mein Rufen deshalb nicht auf sich. Die Männer zogen sie weiter.

„Halt! Warten Sie!“, rief ich, als ich sie fast eingeholt hatte. „Sie müssen sie gehen lassen! Sie hat nichts geklaut!“

Die Security-Typen blieben stehen und drehten sich samt Leo zu mir um.

„Charlie, bist du das?!“, fragte Leo und sah mich zweifelnd an.

 Anstelle einer Antwort zog ich mir die Basecap vom Kopf.

„Was … was soll denn diese Verkleidung?“, fragte sie verwirrt. „Und was machst du überhaupt hier?“

Eine durchaus berechtigte Frage, deren Beantwortung mir schwerer fiel als alles andere.

„Ich …“, begann ich und starrte dabei auf den Boden. „Na ja … ich …“

„Du kennst dieses Mädchen also?“, unterbrach mich einer der Wachleute.

„Ja“, sagte ich kleinlaut. „Und sie hat nichts geklaut. Das war … Das sollte eigentlich nur ein Scherz sein.“

„*Was* sollte nur ein Scherz sein?“, hakte einer der Typen nach.

„Wir … wir wollten eigentlich, dass *er* erwischt wird“, antwortete ich und zeigte auf Joe Cool. „Deswegen haben wir den BH heimlich in die Tüte gesteckt.“

„*Wir?*“, fragte jetzt der andere Security-Typ. „Wer ist denn *wir?*“

„Mein Kumpel und ich“, sagte ich. „Er ist dahinten.“

Ich drehte mich zu der Stelle um, an der ich Ingo zurückgelassen hatte, und blickte auf eine aufgeschlagene Zeitung auf zwei Beinen.

„Ingo!“, rief ich der Zeitung zu. „Lass den Scheiß und komm her!“

Die Zeitung klappte zusammen und ein sichtbar geknickter Inspektor Clouseau schlurfte auf uns zu.

Als er bei uns angekommen und neben mir stehen geblieben war, wandte sich einer der Security-Typen an Ingo. „Stimmt das?“, fragte er. „Habt ihr den BH in die Tüte gesteckt?“

„Ich“, brummelte Ingo. „*Ich* war das. Charlie hatte nichts damit zu tun, das war meine Idee.“

Ich riskierte einen Seitenblick auf Leo. Ihre Miene hatte sich deutlich verfinstert.

„Wir wollten eigentlich nur dem da eins auswischen“, sagte Ingo und deutete mit einem Kopfnicken auf Joe Cool. „Aus Rache. Weil er meinem besten Freund die Freundin ausgespannt hat.“

„Was?!“, erhob Leo ungläubig die Stimme. „Tickt ihr noch ganz richtig?! Wie kommt ihr denn bitte auf so einen Schwachsinn?!“

So bescheuert das vielleicht auch klingt, aber in diesem Moment war ich erst einmal unglaublich erleichtert. Ihre Reaktion bedeutete ja wohl, dass ich mich geirrt hatte. Es lief anscheinend doch nichts zwischen den beiden!

„Moment mal“, sagte einer der Wachleute. „Nur dass ich das richtig verstehe: *Sie* war also mit *ihm* zusammen, hat jetzt aber etwas mit *ihm* am Laufen und deswegen wolltet *ihr* euch an *ihm* rächen, indem ihr ihm einen BH in die Tüte steckt, mit der wir *sie* aber erwischt haben?“

„Genau so ist es“, sagte Ingo.

„Nein, so ist es eben *nicht!*“, erwiderte Leo aufbrausend. „Ich habe nichts mit Joe! Und ich weiß auch echt nicht, wie ihr darauf kommt!“

„Wie wir darauf kommen?! Das kann ich dir zeigen!“, sagte Ingo aufgeregt und zog sein Handy hervor. „Ich habe nämlich Beweisfotos!“

Er klappte sein Handy auf und drückte unerträglich lang darauf herum, bis er das Bild endlich gefunden hatte.

Leo, Joe Cool und die Security-Typen beugten sich über das Display.

„Also“, murmelte einer der Wachleute, „als stichhaltiger Beweis würde das vor Gericht sicher nicht durchgehen.“

„Nie und nimmer“, stimmte ihm sein Kollege zu. „Kein Lippenkontakt und beide sind angezogen. Das ist allerhöchstens ein Indiz.“

Leo blickte vom Display auf und sah mir in die Augen. „Du hast mir hinterherspioniert?“, knurrte sie.

Ich war nicht fähig zu antworten und blickte verschämt nach unten.

„Brauchen Sie uns noch?“, wandte sich Leo mit schneidender Stimme an die Security-Typen.

Die beiden wechselten einen kurzen Blick.

„Nein“, sagte der eine. „Ich denke, das hat sich erledigt.“

„Aber sucht euch für eure seltsamen Scherze das nächste Mal einen anderen Laden aus, verstanden?“, fügte der andere hinzu.

Ingo und ich nickten demütig, dann entfernten sich die Wachmänner.

Leos Augen fixierten mich wütend funkelnd, ihre Lippen waren fest zusammengepresst. Ich wollte irgendetwas sagen, mich bei ihr entschuldigen, wusste aber nicht wie.

„Leo, ich ... Das ... Ich dachte ...", stammelte ich und trat hilflos von einem Bein aufs andere.

„Los, mitkommen!", fauchte sie mich plötzlich an.

Sie schnappte sich meinen linken Arm und zog mich unsanft in Richtung Ausgang. Draußen angekommen stapfte sie noch ein paar Schritte weiter geradeaus, bevor sie stehen blieb und mich losließ.

„Leo, ich ... Das tut mir echt ...", startete ich einen weiteren Versuch, mich zu entschuldigen, kam aber nicht weit damit.

„Kannst du mir mal verraten, was dieser Mist soll?!", würgte sie mich fauchend ab. „Wieso spionierst du mir hinterher?! Du kannst doch nicht ernsthaft gedacht haben, dass Joe und ich ... dass wir ... Das ist so abwegig, dass ich es nicht mal aussprechen kann!"

„Für dich vielleicht", sagte ich leise.

„Aber ... aber wieso?!", fragte sie völlig aufgebracht. „Hab ich dir irgendeinen Anlass dafür gegeben, dass du so was Bescheuertes denkst?!"

„Du hast nicht auf meine Anrufe reagiert", sagte ich.

„Na, weil ich sauer auf dich war!", erwiderte sie.

„Weil du Joe diese ganzen Sachen über uns erzählt hast! Aber das heißt doch noch lang nicht, dass ich gleich was mit ihm anfange!“

„Das sah aber vorhin ganz danach aus“, sagte ich leise.

„Du meinst die Umarmung vor dem Café? Soll ich dir mal sagen, warum wir uns da umarmt haben? Ich habe Joe umarmt, weil er mich davon überzeugt hat, wegen gestern nicht so hart zu dir zu sein und dich gleich anzurufen, wenn wir wieder zu Hause sind. Er hat sich für dich eingesetzt, Charlie! Und mir hat er mit diesem Gespräch sehr geholfen und deswegen habe ich ihn umarmt. Weil er eben mein bester Freund ist. Mehr aber auch nicht!“

„Wäre er aber gern“, sagte ich trotzig.

„Was?“, fragte Leo aufbrausend. „Was wäre er gern?“

„Na, mehr“, sagte ich. „Er hat gestern zu mir gesagt, er vermisse dich in Hamburg. Und dass es sein größter Wunsch sei, dass du zurückkommst. Und er hörte sich nicht so an wie jemand, der nur seinen besten Kumpel vermisst. Er ist in dich verliebt, Leo. Ganz sicher.“

Leo lachte laut auf, aber es war kein fröhliches Lachen. „Das kann nicht dein Ernst sein“, sagte sie.

„Ist es aber“, erwiderte ich.

Sie öffnete den Mund, um etwas zu sagen, schloss ihn aber wieder und atmete erst einmal tief durch.

„Okay“, sagte sie dann und ihre Stimme wurde ruhiger. „Dann gehen wir mal für einen ganz kurzen Moment davon aus, dass du Recht hast – was absolut nicht der Fall ist, dafür kenne ich Joe echt zu gut. Aber von mir aus, sagen wir mal, er ist nach all den Jahren plötzlich aus heiterem Himmel in mich verliebt. Dann verstehe ich aber immer noch nicht, wo dein Problem ist. Ich meine, da gehören ja wohl immer noch zwei dazu. Ich bin deine Freundin, Charlie. Du solltest mir vertrauen.“

„Das tue ich doch“, sagte ich. „Ich vertraue dir. Aber ...“

„Nein, du vertraust mir offensichtlich nicht!“, unterbrach sie mich. „Sonst würdest du es kaum für nötig halten, mir hinterherzuspionieren!“

„Ja, ich weiß“, sagte ich kleinlaut. „Das war echt saublöd von mir. Und es tut mir sehr, sehr leid. Und ich verspreche dir hoch und heilig, dass ich so was Bescheuertes nie wieder mache.“

„Nicht nötig“, sagte sie und verschränkte entschieden die Arme vor der Brust. „Du musst mir nichts versprechen, Charlie. Nie wieder. Und jetzt geh bitte.“

„Wie ... wie meinst du das?“, fragte ich zaghaft, obwohl die Endgültigkeit ihrer Worte bereits deutlich spürbar in meinem Magen angekommen war.

„Ich kann nicht mit jemandem zusammen sein, der mir nicht vertraut“, sagte sie und sah mir dabei fest in die Augen.

Ich wusste, sie meinte es ernst, aber alles in mir sträubte sich dagegen, es zu glauben, bis sie es ausgesprochen hatte.

„Du meinst ... du meinst, das war's?“, fragte ich mit erstickter Stimme.

„Ja“, sagte sie und wandte sich ab. „Geh jetzt. Und ruf mich bitte nicht an.“

Und dann bin ich gegangen.

Und seitdem tut es weh. So weh, wie mir noch nie irgendetwas wehgetan hat. Es tut weh, wenn ich zeichne. Es tut weh, wenn ich denke. Es tut weh, wenn ich atme. Und ich weiß, ich bin selbst dran schuld. Das tut noch mehr weh als alles andere. Ich hätte ihr vertrauen sollen. Stattdessen habe ich irgendwelche Gespenster gejagt, die es nie gab. Joe Cool hat sich sogar für mich eingesetzt. Wie man sich doch irren kann! Der schlimmste Irrtum meines Lebens. Ob es jemals aufhören wird, so wehzutun? Ob ich sie jemals *nicht* vermissen werde? Ob ich sie jemals nicht mehr lieben werde? Unvorstellbar.

Ich krieche jetzt mal zurück in mein Bett und arbeite mich weiter zum Mittelpunkt der Erde vor. Vielleicht tut es da ja nicht mehr ganz so weh. Wahrscheinlich aber doch.

FREITAG

DOCH INFOLGE EINER VERSTRICKUNG UNGLÜCKLICHSTER UMSTÄNDE WAR ES NICHT DER SCHURKE JONATHAN, DER IN DIE FALLE TAPPTE, SONDERN AUSGERECHNET PRINZESSIN LEO!

UM SIE ZU BEFREIEN, MUSSTE DER FARBLOSE RITTER SEINE TARNUNG AUFGEBEN UND SEINER LIEBSTEN DIE GRAUSAME WAHRHEIT ÜBER DIE FINSTEREN ABSICHTEN IHRES HEIMTÜCKISCHEN BESTEN PRINZENFREUNDES ERZÄHLEN.

SEHR ZU SEINEM ENTSETZEN GLAUBTE DIE PRINZESSIN DEM FARBLOSEN RITTER KEIN WORT. SIE FÜHLTE SICH VON IHM VERSCHAUKELT, VERRATEN UND VERKAUFT UND VERBANNTE IHN ZUR STRAFE FÜR IMMER IN DIE ZONE DER FOLTERNDEN FINSTERNIS ...

... WO ER FORTAN FÜR DEN REST SEINER TAGE VON UNVORSTELLBAREN QUALEN GEPEINIGT UND OHNE JEDE HOFFNUNG AUF EINE RÜCKKEHR ZU SEINER GROSSEN UND EINZIG WAHREN LIEBE DAHINDARBTE.

Ja, ich weiß. Das ist ein ganz beschissenes Ende. Natürlich hätte ich es ändern können, hätte ein Friede-Freude-Eierkuchen-Ende fabrizieren können, bei dem alles gut ausgeht und der Farblose Ritter seine Prinzessin Leo in die Arme schließt und die beiden sich für immer küssend in den Sonnenuntergang verabschieden. Aber das würde sich nicht echt anfühlen, da käme ich mir vor wie ein Betrüger. Im echten Leben gehen nun mal nicht alle Geschichten gut aus – wieso sollte das in einem Comic, der auf dem echten Leben basiert, also anders sein?

Heute ist Freitag. Seit zwei Tagen habe ich kein Herz mehr. Und es tut immer noch scheißweh. Ständig sehe ich etwas, was mich an sie erinnert, und dann muss ich an sie denken und meine Atmung setzt für einen Moment aus und sie fehlt mir so sehr, dass ich anfange zu heulen. Mein Vater sagt, das wird irgendwann besser, aber das sehe ich irgendwie nicht. Ich meine, warum sollte es besser werden? Ich liebe sie. Ich werde sie immer lieben. Also wird es auch immer wehtun. Wie das ab nächster Woche in der Schule werden soll, will ich mir gar nicht vorstellen. Da sehe ich sie dann auch noch jeden Tag, zum Greifen nah und doch eine ganze Welt entfernt von mir. Und ich werde nichts mehr auf die Reihe kriegen in der Schule. Ich kriege ja jetzt schon nichts mehr auf die Reihe. Seit vorgestern habe ich mich nur aus dem Bett bewegt, wenn es unbedingt sein musste. Ich bin noch nicht einmal aufgestanden, als die komplette Wohnung voller Rauch war, weil mein Vater die Spiegeleier, die er für mich braten wollte, anstatt in die Pfanne direkt auf die Herdplatte geschlagen und dort zehn Minuten unbeaufsichtigt gelassen hatte.

Na ja, wenigstens den Comic habe ich heute fertig gekriegt. Ich dachte, es hilft vielleicht, wenn ich die Geschichte zumindest auf Papier für mich abschließe – hat es aber nicht. So schnell werde ich wohl keinen Comic mehr zeichnen. Comics sollten komisch sein, das sagt ja schon der Name. Aber ein Comiczeichner, der nur noch traurig ist, kann einfach nichts Komisches zeichnen. Seufz.

Ich schalte den Computer aus und packe mein Zeichenzeug weg. Am besten, ich verkrieche mich gleich wieder ins Bett. Alles andere hat sowieso keinen ... Oh nein. Es hat geklingelt. Das sind mit Sicherheit wieder Ingo und Marie. Die kann ich nun wirklich gerade gebrauchen wie ein Loch im Kopf.

„Papa, machst du mal auf?!", rufe ich laut.

Es rumpelt im Flur, dann klingelt es wieder.

„Papa?!", rufe ich noch mal. „Mach doch mal bitte auf!"

„Würde ich ja gern!", höre ich seine Stimme merkwürdig gedämpft ertönen. „Aber ich komm hier nicht raus!"

Wieder ein Rumpeln. Ich stehe auf und gehe in den Flur.

„Wo bist du denn?!“, rufe ich.

„Hier drin!“, ertönt es aus dem Badezimmer. „Die Tür geht jetzt gar nicht mehr auf!“

Oh Mann, auch das noch! Dafür habe ich jetzt echt keine Nerven.

„Du musst drücken!“, rufe ich. „Feste drücken!“

„Was glaubst du, was ich die ganze Zeit mache?“, erwidert mein Vater. „Das Ding ist völlig verklemmt!“

Es rumpelt wieder. Offenbar wirft sich mein Vater von innen gegen die Tür.

„Warte, ich helf dir!“, rufe ich genervt, als es wieder klingelt.

Ich drehe um, hechte an die Tür, drücke kurz die Klinke herunter, ohne nachzusehen, wer da ist, und stapfe zurück zum Bad.

„Lass es uns gleichzeitig versuchen!“, rufe ich meinem Vater zu. „Du drückst, ich ziehe!“

„Alles klar!“, antwortet mein Vater.

Ich umklammere fest die Klinke.

„Also, bei drei geht's los!“, gebe ich das Kommando. „Eins ... zwei ...“

„Ähm ... Kann man euch irgendwie helfen?“, ertönt plötzlich eine Stimme hinter mir, von der ich geglaubt hatte, sie nie wieder in unserer Wohnung hören zu dürfen.

Ich drehe mich um. Tatsächlich. Es ist Leo, die nur ein paar Schritte von mir entfernt im Türrahmen steht.
Ich fasse es nicht.

„Was ist los?“, dringt die Stimme meines Vaters an mein Ohr. „Kannst du plötzlich nicht mehr bis drei zählen?“

„Jetzt nicht, Papa!“, zische ich über die Schulter. „Es ist Leo!“

„Oh!“, ruft er, dann hört man nichts mehr.

Ich gehe langsam auf Leo zu. Sie sieht toll aus. Und verdammt schlecht gelaunt. Wie an dem Tag, als ich sie zum ersten Mal gesehen und mich unsterblich in sie verliebt habe. Augenblicklich ist mein Herz wieder da, es pocht wie wild.

„Hi, Leo“, sage ich verlegen.

„Hi“, knurrt sie leise. „Kann ich reinkommen?“

„Äh … ja, klar, komm rein“, sage ich.

Sie schließt die Tür hinter sich und kommt auf mich zu.

„Wir müssen reden“, brummt sie mit finsterer Miene.

„Okay“, sage ich und gehe voran in mein Zimmer.

Ich setze mich auf die vordere Kante meines Betts und lasse extra Platz für sie, aber sie bleibt stehen.

„Damit eins klar ist“, brummt sie. „Wenn du mir nur ein einziges ‚Ich hab's gewusst!‘ oder irgendwas ähnlich Rechthaberisches an den Kopf wirfst, bin ich sofort wieder weg, kapiert?“

„Äh … okay, kapiert“, sage ich, obwohl ich gerade überhaupt nichts kapiere.

„Also gut“, sagt sie und atmet tief ein. „Du hattest Recht.“

„Wie, Recht? Womit Recht?“, frage ich aufrichtig verwirrt.

„Mit Joe“, knurrt sie. „Er ist wirklich in mich verliebt.“

„Nein!“, entfährt es mir.

„Doch“, erwidert sie. „Als ich heute Morgen aufgewacht bin, lag er in meinem Bett.“

„Nein!“

„Nicht nackt oder so“, sagt sie. „Nicht unter der Decke. Aber als ich die Augen aufgemacht habe, lag er neben mir. Und dann wollte er mich küssen.“

„Nein!“

Ob ich jemals wieder ein anderes Wort herausbringen werde?

„Er hat gesagt, er hätte erst jetzt gemerkt, wie sehr ich ihm gefehlt habe“, fährt sie fort. „Und dadurch sei ihm klar geworden, dass er mehr als nur Freundschaft für mich empfindet.“

Ha! Auch wenn ich es nicht laut sagen darf: Ich hab's gewusst! Von Anfang an! Vielleicht sogar noch früher als er selbst! Ich hatte Recht! Die ganze Zeit über hatte ich Recht! Nur komisch, dass sich das nicht wirklich gut anfühlt. Normalerweise erzeugt es ja ein Triumphgefühl, wenn man Recht hat, aber ich kann mich irgendwie überhaupt nicht darüber freuen, Recht gehabt zu haben. Was vielleicht daran liegt, dass ich noch nicht weiß, wie es ausgegangen ist.

„Und … was hast du gemacht?“, frage ich zaghaft.

„Na, was glaubst du denn, was ich gemacht habe?!“, fährt sie mich an. „Erst habe ich ihm vor lauter Freude die Zunge in den Hals gesteckt, dann haben wir es wild getrieben und dann habe ich schon mal angefangen, meine Sachen zu packen, weil ich heute noch zu ihm nach Hamburg ziehe. Mensch, Charlie, hast du denn gar nichts kapiert?! Du musst mir vertrauen!“

Okay, die kleine Schrecksekunde habe ich wohl verdient.

„Ich hab doch nur gefragt, was du gemacht hast“, sage ich. „Ich meine, das war doch bestimmt keine angenehme Situation.“

„Für ihn jedenfalls nicht“, knurrt sie. „Ich habe ihn erst mal kräftig zusammengeschissen, weil ich es unter aller Sau fand, dass er so etwas ausgerechnet dann bringt, wenn ich gerade mit meinem Freund Schluss gemacht habe. Ich meine, was denkt er sich? Dass ich einfach so von einem zum nächsten hüpfe? Da sollte er mich wirklich besser kennen. Arschloch.“

Ich verkneife mir ein Grinsen.

„Ist doch wahr“, fährt sie fort. „Als ich mich wieder beruhigt hatte, habe ich ihm dann in aller Ruhe erklärt, dass ich erstens nicht dasselbe für ihn empfinde und zweitens immer noch in einen anderen verliebt bin.“

Oha. Ich kann nicht behaupten, dass ich nicht darauf gehofft habe, aber wirklich gerechnet habe ich damit nicht.

„Bist du?“, frage ich.

„Ja, bin ich“, brummt sie. „Auch wenn er ein Idiot ist. Manchmal zumindest.“

„Ja“, seufze ich. „Das ist er wohl.“

Ihre Gesichtszüge werden zum ersten Mal weicher. Sie macht einen Schritt auf mich zu.

„Du musst mir versprechen, dass du mir vertraust, Charlie“, sagt sie. „Sonst kann das in Zukunft nicht funktionieren mit uns.“

Zukunft. Was für ein wunderschönes Wort, wenn man es aus dem Mund des Mädchens hört, in das man verliebt ist.

„Okay“, sage ich. „Versprochen.“

Sie lächelt mich an, kommt noch einen Schritt näher und setzt sich auf meinen Schoß. Ihre Hände streicheln durch meine Haare, wir sehen uns stumm in die Augen.

„Und wann genau fängt das an, dieses ‚in Zukunft‘?“, frage ich grinsend.

„Hm, gute Frage“, sagt Leo. „Lass mich mal überlegen. Wie wär’s mit *jetzt gleich?!*“

Sie schubst mich nach hinten aufs Bett, legt sich auf mich und küsst mich.

Dieser Kuss entschädigt mich für all die Küsse, die ich in den vergangenen Tagen vermissen musste. Alles in mir explodiert förmlich vor Glück. Da ist sie wieder, meine Leo, in meinen Armen. Besser kann es niemals werden.

In meinem Kopf explodiert laut krachend ein Feuerwerk, als Leo plötzlich den Kopf hebt und zur Tür schaut. „Hast du das auch gehört?“, fragt sie.

Okay, es war wohl doch kein Feuerwerk, das da so laut gekracht hat.

Wir schieben uns vom Bett und gehen hinaus auf den Flur, wo sich eine Staubwolke langsam zur Decke aufmacht. Unter dieser Staubwolke befindet sich mein Vater und knutscht unsere unter ihm auf dem Boden liegende Badezimmertür. Ein lang gezogenes Stöhnen ertönt.

„Oje“, sagt Leo. „Alles in Ordnung, Herr Braun?“

„Alles okay“, krächzt mein Vater, ohne den Kopf zu bewegen. „Ich dachte nur, das könnte eventuell länger dauern bei euch.“

„Tut mir leid wegen der Tür, Papa“, sage ich schuldbewusst. „Ich weiß, die wollte ich längst reparieren.“

„Das ist ja nun nicht mehr nötig“, erwidert er. „Ist denn bei euch beiden wenigstens alles wieder repariert?“

„Ja, alles wieder okay“, sage ich und drücke Leo einen Kuss auf die Wange.

„Das freut mich zu hören“, sagt mein Vater und erhebt sich langsam und schwerfällig. „Dann lass ich euch mal alleine. Ich hatte sowieso gerade eine Idee für einen neuen Song. Ich nenne ihn den *Bathroomdoor-Blues.*“

Er humpelt sich die Stirn reibend in sein Zimmer und kurz darauf ertönt sein Saxofon.

Leo und ich gehen zurück in mein Zimmer. Ich will sie sofort wieder aufs Bett ziehen, aber sie hält mich zurück.

„Du schuldest mir noch was“, sagt sie, und ich habe keine Ahnung, was sie meint.

„Alles, was du willst“, sage ich.

Sie drängt mich zum Schreibtisch. „Du schuldest mir noch einen Comic.“ Sie schaltet den Computer an und schiebt den Stuhl zurück.

„Jetzt gleich?“, frage ich ein bisschen enttäuscht, weil ich lieber zuerst noch ein paar Küsse nachholen würde.

„Jetzt gleich“, sagt sie bestimmt.

Ich setze mich und sie nimmt auf meinem Schoß Platz.

Nach etwa zehn Minuten sind wir beim letzten Bild angelangt.

„Aber das geht doch so nicht!“, sagt sie ganz bestürzt. „Das ist doch wohl nicht das Ende, da fehlt doch noch was!“

„Du bist lustig“, sage ich. „Wann hätte ich das denn zeichnen sollen? Ich bin doch kein Hellseher.“

„Dann musst du es eben jetzt zeichnen“, erwidert sie energisch, zieht sich einen zweiten Stuhl heran und drückt mir mein Zeichenmäppchen in die Hand.

Ich schaue sie verdutzt an.

„Na los, worauf wartest du?“, drängt sie. „Fang an! Ich will das Happy End sehen!“

Ich schnappe mir meinen Zeichenblock und beginne zu zeichnen.

Das Happy End zu Papier zu bringen, sollte mir nicht schwerfallen – schließlich bin ich selbst gerade mittendrin.

EPILOG

DIE VERBANNUNG DES FARBLOSEN RITTERS LÖSTE IN PRINZ JONATHAN EINE DERARTIGE SORGLOSIGKEIT AUS, DASS ER PRINZESSIN LEO SOGLEICH UNVERBLÜMT SEINE AMOURÖSEN ABSICHTEN UNTERBREITETE.

DIE PRINZESSIN WAR DARÜBER ALLERDINGS ALLES ANDERE ALS AMÜSIERT.

SIE GAB IHREM EHEMALS BESTEN FREUND HÖFLICH, ABER BESTIMMT ZU VERSTEHEN, DASS ER SICH ZUM TEUFEL SCHEREN SOLLE.

NACHDEM SIE IHREN SCHRECKLICHEN FEHLER ENDLICH EINGESEHEN HATTE, BEFREITE PRINZESSIN LEO DEN FARBLOSEN RITTER SOFORT UND FLEHTE IHN AUF KNIEN BETTELND UM VERZEIHUNG AN. ZU IHREM GLÜCK WAR UNSER HELD EIN ÄUSSERST GÜTIGER RITTER, DENN ER

VERGAB IHR NICHT NUR GROSSHERZIG, SONDERN VERANSTALTETE AUCH NOCH EIN RIESIGES, RAUSCHENDES FEST ZU IHREN EHREN, AUF DEM FAST ALLE GÄSTE BIS TIEF IN DIE NACHT SANGEN UND TANZTEN UND FRÖHLICH WAREN.

„Hey, so war das doch gar nicht! Von wegen, ich habe auf Knien um Verzeihung gebettelt, das hättest du wohl gern!"

„Na und? Er hat dir ja schließlich auch nicht an die Brüste gefasst. Darüber hast du dich auch nicht beschwert."

„Na, weil das superlustig aussieht. Aber Prinzessin Leo hat schließlich nichts falsch gemacht! Wieso sollte *sie* sich entschuldigen?"

„Weil sie den Helden zu Unrecht übelste Qualen hat durchleiden lassen."

„Ja, aber da war er doch selbst dran schuld, der blöde Held! Hätte er ihr einfach vertraut, wäre das alles nie passiert. Die Prinzessin ist nämlich die eigentliche Heldin hier, weil sie sich mit zwei solchen Idioten herumschlagen musste. Los, änder das!"

„Nö."

„Wie – nö? Du musst das ändern, das stimmt einfach nicht!"

„Ich überhaupt gar nichts. Das ist schließlich *mein* Comic."

„Aber *ich* bin die Heldin! Und die Heldin verlangt, dass das geändert wird. Und zwar sofort!"

„Vergiss es. Mein Comic, meine Macht."

„Aber …"

UND FRIEDEN UND GLÜCKSELIGKEIT KEHRTEN WIEDER EIN AM EHEMALS FINSTERSTEN HOF DES REICHES.